Laurence Lopez Hodiesne

AU-DELÀ D'UN HÉRITAGE

roman

Chapitre 1

Lena descendit lentement de la voiture, son regard vert absinthe rivé sur le manoir. Aucun mot ne pouvait décrire son ressenti à cet instant, uniquement des sensations de joie, de bonheur pur.

La splendide demeure qu'elle contemplait était à présent la sienne !

Trois mois auparavant, elle avait reçu un courrier d'un notaire, qui lui demandait de passer à son cabinet pour affaires familiales, sans toutefois lui donner de plus amples détails. Sans savoir à quoi s'attendre, la jeune femme s'y rendit en compagnie de son mari.

Lorsque maître Langin lui annonça le décès de sa tante Éléonore Roséne, elle eut besoin de quelques instants pour mettre un visage sur ce nom. Soudain, cela lui revint en un éclair.

La vieille dame du manoir !

Elle avait seulement huit ans lors de leur unique rencontre.

Cependant, elle avait gardé ce jour enfoui au plus profond de sa mémoire. Même si elle se rappelait vaguement son apparence, elle n'avait pu oublier la façon dont la femme âgée à l'allure excentrique l'avait couvée du regard. En admiration devant les longs cheveux châtains aux boucles soyeuses retenues par un nœud rose en satin, et les grands yeux verts en amande de la fillette. Mais cette dernière s'était sentie gênée de cette attention trop pesante.

Lorsqu'elle était rentrée chez elle, Lena avait demandé la raison de cette insistance à ses parents. Selon eux, cette chère Éléonore n'avait plus toute sa tête. Cette explication laissa l'enfant extrêmement perplexe.

Quelques années plus tard, Lena s'informa sur *la tante du manoir*. Sa mère haussa les épaules sans répondre, et son père poussa un profond soupir tout en pointant son index droit sur sa tempe. Elle ne posa plus jamais de questions à son sujet. Cependant, Lena gardait une petite place dans un recoin de son esprit, et cette dame surgissait parfois au détour d'un rêve.

À trente ans, Lena héritait donc de la splendide bâtisse indissociable de cette tante un peu fantasque. La jeune femme fut d'autant plus surprise, que l'enterrement d'Éléonore Roséne avait déjà eu lieu. Bien entendu, elle demanda au notaire pourquoi elle n'avait pas eu connaissance bien plus tôt de ce tragique événement. Elle n'aurait pas manqué de rendre un ultime hommage à cette femme qui, n'en déplaise à certains, comptait pour un membre de sa famille.

L'homme de loi la regarda fixement avant d'ébaucher un sourire.

— Je comprends que cela ne vous plaise pas, mais votre tante savait ce qu'elle faisait. Selon ses propres paroles, elle ne voulait pas de ses proches pour l'accompagner dans sa dernière demeure. Vous êtes bien l'unique personne qu'elle aurait souhaité voir à ses obsèques, mais si vous étiez venue... certains individus se seraient manifestés pour jouer la comédie des larmes. Même si de son vivant, ces gens ne se souciaient en aucun cas d'elle. Votre tante ne pouvait supporter cette idée. En fait, à ce jour, vous êtes la seule au courant de son décès.

Lena ne comprenait rien à toute cette histoire. Elle se pencha vers l'homme de loi.

— Pourquoi moi ? Je ne l'ai vu qu'une fois dans ma vie. Elle ne me connaissait même pas !

Maître Langin s'accouda à son bureau.

— Au contraire ! Votre tante n'a cessé de s'intéresser à vous depuis le fameux jour où elle vous a rencontré.

La jeune femme haussa les sourcils.

— Pardon ?

Le notaire sourit largement avant de poursuivre.

— Madame Roséne vous tenait en grande estime, c'est pourquoi elle vous a légué toute sa fortune et surtout... son précieux manoir !

Le choc éprouvé par Lena était tel, que pendant quelques secondes elle ne put articuler un mot.

Soudain, elle pivota vers son mari, comme pour être sûre qu'il avait bien entendu lui aussi ce qui venait de se dire. Pour confirmer le fait qu'elle n'était pas en train de rêver. De toute évidence, l'apparence du jeune homme en disait long sur l'impression que cette nouvelle avait laissée sur lui. Les doigts crispés sur les accoudoirs du fauteuil en cuir dans lequel il était assis, Jonathan fixait le notaire, bouche bée. Sentant le regard de sa femme posé sur lui, il tourna lentement la tête vers elle.

Ils s'observèrent un bref instant.

Puis Lena avala avec difficulté sa salive et interrogea maître Langin pour connaître le montant de l'héritage. Ce dernier chaussa alors ses lunettes, avant de saisir une feuille de papier dans le dossier ouvert sur son bureau.

Le testament d'Éléonore Roséne.

Après lecture du précieux document, Lena recevait une somme qui avoisinait les deux cent mille euros. Plus un manoir qui datait du dix-neuvième siècle.

Cependant, le contrat allait de pair avec une clause d'inaliénabilité. Cette clause engageait la jeune femme pour le reste de sa vie.

En effet, pour pouvoir toucher l'héritage, Lena ne pouvait en aucun cas vendre la demeure et cela pendant quarante ans.

La demoiselle était sous le choc. On l'aurait été à moins. Elle n'était pas certaine de bien comprendre, mais en résumé, c'était tout ou rien !

Maître Langin toussa pour s'éclaircir la voix.

— Cette situation est pour le moins... peu banale. Voilà pourquoi madame Roséne m'avait confié le soin de vous présenter le manoir, avant que vous n'arrêtiez une quelconque décision. Donc, si vous le voulez bien, nous allons nous y rendre.

— Quoi, maintenant ? fit Lena, ahurie par la tournure prise par les événements.

— Mais oui, c'est pour cette raison que je vous ai demandé de prévoir votre après-midi !

Sur ces derniers mots, le notaire se leva, imité aussitôt par la jeune femme et son mari. Décidément, cette journée allait de surprise en surprise.

Le manoir se situait à une trentaine de minutes de la ville de Nice, dans l'un de ces villages typiques de l'arrière-pays niçois. On quittait la nationale à un moment donné pour rouler environ cinq cents mètres sur une route sinueuse, bordée d'arbres plus que centenaires. La petite maison sans prétention de l'intendant se trouvait au début du chemin.

Soudain, la demeure apparaissait.

La bâtisse datait de la fin du dix-neuvième siècle, et contrairement aux constructions de cette époque, présentait une architecture sobre avec sa façade recouverte d'un enduit beige-ocre. Elle dominait un beau jardin à la pelouse entretenue à merveille, et était parfaitement symétrique, hormis l'unique tour circulaire qui flanquait l'habitation sur l'un des côtés. Lena se rappelait y avoir grimpé par le magnifique escalier à vis en pierres anciennes. Accoudée à la fenêtre en bow-window, l'enfant s'était mise à rêver au prince charmant qui chevauchait un superbe destrier.

Cette anecdote fit sourire Lena.

En fait, la maison était restée intacte dans la mémoire de la jeune femme et pourtant, elle ne l'avait vu qu'une seule fois, cela faisait déjà vingt-deux ans.

Lena se souvenait parfaitement du puits sur le côté gauche du manoir, recouvert par une planche de bois vermoulu, qui assurait jadis l'alimentation en eau potable. De même, elle se rappelait la forêt de chênes touffus plus que centenaires derrière la bâtisse.

Lorsque le couple descendit de la voiture, le cœur de Lena fit un bond dans sa poitrine. Si elle le souhaitait, tout ce qu'elle contemplait en ce moment même lui appartiendrait. Elle devait juste accepter les conditions posées par sa tante.

Le mari de Lena, Jonathan Deforges, était quant à lui beaucoup moins enthousiaste. Du haut de son mètre quatre-vingt-dix, il se sentait pourtant tout petit, face à ce bâtiment imposant. Il observait la demeure en se demandant à combien pouvait s'élever la somme nécessaire à son entretien chaque année. Bien sûr, Éléonore Roséne avait aussi laissé un joli montant en héritage, mais serait-ce suffisant pour toute une vie ?

Un pli soucieux barrait le front de Jonathan, qui passa une main dans ses épais cheveux bruns, un geste qui témoignait de sa nervosité. Le jeune homme était impressionné par le manoir qu'il découvrait. En jetant un œil sur sa femme, il fut surpris de son air radieux. Jonathan ressentit alors comme un pincement au cœur. Depuis combien de temps n'avait-elle pas irradié de la sorte ? Envisageait-elle de garder la demeure ? Elle était pourtant une farouche citadine.

Il l'observa, tandis qu'elle se tenait près du notaire, buvant chacune de ses paroles. Ce dernier l'invitait à admirer l'encadrement de la porte principale constitué de pilastres surmontés d'un fronton courbe. Ensuite, il lui parla des jambages en marbre des battants et des fenêtres puis des lucarnes sur la toiture en tuiles plates. Maître Langin vantait les mérites de la demeure aussi bien qu'un agent immobilier aurait pu le faire.

Au bout d'un moment, le notaire sonna à l'imposante entrée et aussitôt, un vieux monsieur vint leur ouvrir. Même si son visage exprimait le nombre des années, il se tenait droit comme un I. Sa chevelure blanche encore particulièrement fournie était soigneusement peignée en arrière. Il portait une veste en daim marron élimée au coude, un pantalon de flanelle gris foncé usé, mais le tout parfaitement propre et repassé.

L'espace d'un instant, un air de surprise s'afficha sur la figure du vieil homme, mais il retrouva vite ses traits impassibles et se présenta. Jacques Mayeur était l'intendant de madame Roséne. De façon obligeante, mais quelque peu guindée, celui-ci souhaita la bienvenue aux visiteurs et s'effaça ensuite pour les laisser entrer sans pour autant quitter Lena des yeux.

Le vestibule, ouvrant sur un magnifique escalier en bois tournant à balustres, desservait les pièces de réception sur la gauche, l'imposante cuisine sur la droite.

— La construction du manoir date des années mille huit cent quatre-vingt, dit maître Langin en regardant autour de lui. Ah ! J'allais oublier de vous parler des trois hectares de terrains arborés et du vaste étang que l'on retrouve sur ce domaine.

Amusée, Lena considéra le notaire. Elle se demandait s'il avait appris tout cela par cœur, uniquement dans le but de la convaincre de garder la demeure.

— Et la surface habitable du manoir, continuait le brave homme, est d'environ trois cents mètres carrés. Regardez-moi ce séjour, il doit faire dans les quarante mètres carrés à lui tout seul !

Lena n'écoutait plus.

Subjuguée, elle se tenait sur le seuil et contemplait cette pièce magnifique de style gustavien avec son plafond à la française et son sol en larges lames de pin peintes en blanc. Un immense trumeau en bois doré, un miroir dont la glace au mercure était surmontée d'une toile représentant des angelots, trônait sur une splendide cheminée en pierres d'époque. Immédiatement, la jeune femme tomba sous le charme de cette ambiance au parfum d'autrefois. D'habitude, elle ne jurait que par le contemporain, et pourtant aujourd'hui, elle découvrait l'attrait exercé sur sa personne par un mobilier, certes ancien, mais tellement chic et chaleureux.

Lentement, la demoiselle passa de meuble en meuble. Elle caressa d'un doigt une console sculptée en cèdre massif de style Louis XVI. Sur celle-ci était posée une lampe en toile de Jouy rose, avec son pied en bois blanchi. Un bougeoir de cristal de toute beauté et une coupe en céramique bleue de chine remplie d'un pot-pourri la côtoyaient. On trouvait aussi un secrétaire beige sur lequel s'amoncelait une foule de petits objets.

Lena contourna ensuite un douillet canapé de couleur crème dont la structure était recouverte d'une patine en or. Il disposait d'une multitude de coussins aux différentes étoffes qui invitaient à la paresse. Lui faisait face, deux fauteuils Louis XV à l'assise en velours bleu. Devant la grande fenêtre qui donnait sur le jardin étaient tirés de somptueux rideaux de lin brut, couleur écrue.

Lena sortit de sa rêverie quand le notaire lui demanda si elle était d'accord pour visiter le reste de la maison.

— Oh oui, bien sûr ! répondit-elle en rougissant, confuse de s'être laissée emporter par le charme intemporel de cette pièce. Je vous suis...

Maître Langin l'entraîna dans l'immense cuisine, agrémentée également d'une belle cheminée ancienne. Sentant Lena subjuguée par l'endroit, l'homme de loi se garda bien d'en faire l'éloge. Nul besoin d'en faire des tonnes. Il repensa aux paroles prononcées par Éléonore Roséne le premier jour où elle était venue dans son cabinet. Il lui avait alors avoué qu'il trouvait ses projets au sujet de l'héritage destiné à sa nièce, de nature quelque peu rocambolesque.

— Lena est bien celle que je crois, avait-elle répondu sur un ton péremptoire, j'en suis certaine à présent. Ne vous inquiétez pas, elle aimera immédiatement le manoir. Il fait partie d'elle, mais elle ne le sait pas encore, ce n'est pas plus compliqué que cela.

Évidemment, le notaire était resté perplexe face à ses explications plutôt confuses pour lui. Aujourd'hui, il était stupéfait de voir cette jeune femme happée par l'ambiance de ce lieu. Elle était habillée pour le moins de façon moderne avec sa minijupe et son corsage aux couleurs vives et détonnait un peu avec l'endroit. D'autres auraient trouvé le mobilier désuet et le manoir, une vieille baraque. A priori, ce n'était pas le cas pour Lena Deforges.

Éléonore Roséne ne s'était donc pas trompée. Évidemment, Lena pouvait refuser ce cadeau peut-être bien empoisonné. Pourtant le notaire avait bon espoir.

Tout cela sans compter sur le mari, bien entendu. D'ailleurs, celui-ci suivait en traînant la patte, visiblement peu emballé par les lieux. Un seul endroit retint son attention. Un immense sous-sol divisé en deux parties. L'une servait à conserver d'innombrables bouteilles de vin, et l'autre, où se trouvaient la chaufferie et l'emplacement pour stocker le bois, était encore assez grande pour accueillir un laboratoire photo.

Le couple et le notaire continuèrent la visite du reste de la maison. Lena s'extasia devant toutes les pièces. Elle demeura sans voix face à la chambre qui se situait en haut de la tour accolée au manoir. On y accédait par un vieil escalier à vis en pierre. Enfant, elle l'avait emprunté en cachette.

À peine entrée, la jeune femme se dirigea vers la fenêtre qu'elle ouvrit en grand. Elle se pencha pour admirer le spectacle fabuleux de la campagne verdoyante qui s'étalait à perte de vue. C'était comme dans son souvenir, sauf qu'elle n'attendait plus le prince charmant.

Lorsque Lena grimpa dans la voiture du notaire, elle était enthousiasmée. Ses yeux brillaient d'un éclat particulier, ce qui ne pouvait manquer d'échapper à son mari.

Le trajet jusqu'au cabinet de maître Langin fut silencieux. Une fois le couple installé dans les confortables fauteuils en cuir, l'homme de loi leur demanda enfin s'ils souhaitaient quelques jours pour réfléchir.

Jonathan s'éclaircit la voix.

— Je crois que nous devons en discuter calmement entre nous. Ce n'est pas une affaire à prendre à la légère, n'est-ce pas Lena ?

Celle-ci le regarda, l'air ébahi.

— Oui, fit-elle en conclusion, tu as raison.

Elle se tourna vers le notaire.

— De combien de temps disposons-nous pour examiner la situation ?

— Écoutez, le mieux est de choisir un rendez-vous dans une semaine, comme cela vous pourrez vous décider à tête reposée. Cela vous convient-il ?

Le couple acquiesça d'un même mouvement de tête. Une cordiale poignée de main fut échangée entre les jeunes gens et l'homme de loi, puis ils se quittèrent et les Deforges rentrèrent chez eux.

Après avoir dîné, Jonathan et Lena s'installèrent confortablement sur leur canapé de cuir blanc. Ils se résolurent enfin à parler de cette surprenante histoire.

Jonathan lança la conversation.

— Qu'est-ce que tu comptes faire ?

Lena faisait lentement tournoyer le liquide de couleur bordeaux dans son verre à pied. Un soupir lui échappa.

— La décision d'accepter ou non l'héritage de ma tante, je ne peux pas la prendre seule. Nous sommes un couple marié et tu as ton mot à dire. Ce n'est pas si simple...

— Bien sûr ! Mais... je voudrais savoir ce que toi tu as envie de faire, répondit son époux en jouant avec une mèche de ses cheveux.

Lena avala une gorgée de vin avant de réagir.

— J'aimerais garder le manoir.

Jonathan suspendit son geste. Il n'était même pas surpris. Toutefois, cela ne l'empêcha pas de se sentir mal à l'aise.

— Je comprends, reprit-il après quelques secondes, mais ce n'est pas d'une simple petite maison, mais bien d'un manoir dont on parle, avec tout ce que cela implique. Entretien et frais divers..., une baraque comme cela coûte cher et...

— Nous aurions les deux cent mille euros, en plus de l'argent récolté lors de la vente de notre appartement. Car bien entendu, nous ne le garderions pas !

Jonathan jeta un coup d'œil à travers le salon. Dire que sa femme était si heureuse lors de l'achat de ce joli trois-pièces, à présent, elle parlait de s'en débarrasser sans même sourciller.

— Le manoir se trouve à une demi-heure de Nice. Toi qui adores la ville, tu risques d'être perdue là-bas !

Elle lui décocha son plus beau sourire, tout en plongeant son regard dans ses yeux couleur noisette.

— Je m'y ferai. En fait, je rêvais de vivre à la campagne.

Surpris, Jonathan haussa les sourcils.

— Et depuis quand ?

— Depuis toujours ! Nous n'en avons jamais parlé, c'est tout.

Jonathan saisit sa tête entre ses mains. À cet instant, il tombait des nues. Sentant qu'il perdait la partie, il décida de tenter un dernier recours.

— Est-ce que ce n'est pas un peu grand pour nous deux, alors que nous n'arrivons pas à avoir d'enf...

Lena manqua renverser son verre de vin sur le canapé immaculé.

— Justement ! Si nous changions de décor...

Sa voix faiblit soudain, s'enroua.

— Si nous changions de vie, alors un jour peut-être...

Lena ne termina pas sa phrase, en proie à une trop vive émotion. Cela faisait cinq ans, cinq longues années depuis qu'ils avaient décidé d'avoir un enfant.

Après leur mariage, Lena arrêta tout de suite la pilule. Le premier mois, ne voyant rien venir, elle se dit que c'était normal. Le deuxième, elle pensa qu'elle avait le temps et se morigéna de son impatience !

Mais les semaines défilèrent inexorablement. Lorsque Lena découvrait le sang menstruel, elle pleurait de rage, se maudissant un peu plus chaque fois. Dans ces moments-là, elle en voulait à la terre entière. Son travail ajoutait à son malheur. Assistante d'un gynécologue-accoucheur. Toute la journée, elle côtoyait des femmes enceintes, qui se plaignaient de leurs nausées, leurs prises de poids, leurs envies. Lena souriait et trouvait le bon mot pour chacune, mais à l'intérieur, elle bouillait. Elle aurait donné n'importe quoi pour ressentir ces petits inconvénients somme toute mineurs en comparaison du grand bonheur attendu par ses dames. Son patron s'occupait également de cas de stérilité. Avec ces dernières, Lena se sentait un peu mieux, car elle comprenait leur douleur. Toutefois, quand certaines patientes guettaient l'heureux événement depuis trop longtemps, elle priait pour ne pas connaître le même sort. Bien sûr, personne n'était au courant. Elle ne voulait surtout pas que cela se sache. Notamment pour ne pas avoir affaire à cette pitié condescendante qui l'horripilait. Si par aventure une cliente lui demandait si elle comptait avoir des enfants un jour, Lena répondait avec un grand sourire, que son mari et elle-même préféraient attendre un peu, qu'ils n'étaient pas pressés.

Pour la famille, ce fut différent. Au début, ils utilisèrent le même subterfuge pour éluder le problème. Mais au bout de deux ans et demi, la mère de Lena l'interrogea une énième fois sur d'éventuels petits-enfants. Lena se leva alors en hurlant qu'elle en aurait à l'heure où sa fille ne serait plus stérile. Bien sûr, après le choc, elles tombèrent en pleurant dans les bras l'une de l'autre. Depuis, Lena pouvait compter sur le soutien inconditionnel de sa maman, qui avait su rester discrète sur le sujet, tout en étant présente aux moments opportuns. La jeune femme lui en serait toujours reconnaissante, car son ménage avait dû faire face à beaucoup d'épreuves.

Pendant presque une année, le couple dut subir toute une série d'examens médicaux contraignants. En fin de compte, le gynécologue leur annonça que du côté du mari tout était OK. En ce qui la concernait, la raison de cette stérilité était probablement d'origine psychique.

Pour Lena, ce fut un coup dur. Une femme a bien du mal à admettre une cause psychologique à son infertilité, alors que son vœu le plus cher est d'être enceinte. Elle accepte n'importe quel facteur mécanique, mais pas cela. Peu importait à Lena qu'elle fasse partie des dix pour cent de personnes dans le même cas, d'après les spécialistes.

Selon le médecin, tout se passait comme si le système nerveux central bloquait la fonction de reproduction de Lena. Ses ovulations étaient de mauvaise qualité, ses ovaires mal stimulés formaient des kystes, le corps jaune était insuffisant...

Pour le docteur, une visite chez un psychologue s'imposait. Il s'agissait peut-être d'un conflit mental interne. Lena refusa. Elle restait persuadée que cela ne servirait à rien, étant donné l'enfance sans problème dont elle gardait le souvenir. Alors, le gynécologue décida de tenter un traitement hormonal. Lena absorba du citrate de clomifène, un inducteur de l'ovulation associé à des estrogènes pendant la période pré-ovulatoire. La jeune femme respecta à la lettre les consignes du praticien en ce qui concernait la prise de température chaque matin ou les rapports sexuels au bon moment. Ce traitement qui opérait chez d'autres n'eut aucune efficacité sur elle. Au bout de sept mois, elle constata quelques effets secondaires gênants, et décida d'arrêter. Le gynécologue leur conseilla alors de faire une pause de quelques semaines. Ensuite, ils essaieraient une nouvelle méthode, plus lourde, les gonadotrophines.

Lena, exténuée, autant moralement que physiquement s'était rangée à l'avis du médecin. C'est pendant cette période de répit que le notaire l'avait contacté.

Ce jour-là, en regardant sa femme, Jonathan songeait que ce serait peut-être une bonne idée de s'occuper du manoir. La perspective de vivre à la campagne ne lui déplaisait pas, car il n'avait connu que la ville et ses inconvénients. Évidemment, il aurait préféré une maison un peu moins imposante, mais finalement, à bien y réfléchir, c'était une aventure plutôt excitante.

— D'accord ! fit-il soudain.

Les yeux agrandis par la stupeur et l'incrédulité, Lena se tourna brusquement vers lui en manquant de renverser son verre de vin une deuxième fois.

— D'accord ?

— Oui, vendons l'appartement et partons vivre dans notre manoir, enchaîna-t-il d'un ton qui se voulait théâtral.

Lena en resta bouche bée. Elle n'aurait jamais cru que son mari capitulerait si vite. C'était une véritable et si agréable surprise ! La jeune femme posa sa coupe sur la table basse et se jeta dans les bras de Jonathan.

Ce soir-là, pour la première fois depuis longtemps, ils firent l'amour sans arrière-pensées, s'abandonnant au plaisir d'être ensemble.

Chapitre 2

Les événements s'enchaînèrent assez vite.

Une semaine après avoir mis en vente leur appartement sur le marché immobilier, celui-ci trouvait preneur pour la coquette somme de deux cent dix mille euros. Étant donné qu'il était fort bien situé à quelques rues de la mer, dans une résidence de bon standing parfaitement entretenue, la première visite avait été la bonne.

Le notaire ne traîna pas non plus, et deux mois et demi plus tard, les Deforges emménageaient dans leur nouvelle demeure.

D'un air joyeux, Lena se tourna vers son mari.

— Voilà, c'est une autre vie qui commence !

Jonathan la prit dans ses bras et la serra contre lui.

— Je suis sûr que nous serons bien ici ! fit-il avant de l'embrasser sur une joue toute rosie par l'émotion.

Lena posa la tête sur l'épaule de son compagnon.

— Notre manoir, c'est notre manoir !

Jonathan sourit. Il était heureux pour sa femme, mais pourquoi ressentait-il au plus profond de son être un tel malaise ? Il n'était pas certain de pouvoir un jour considérer cet endroit comme sa maison, comme son *home sweet home*. Son intime conviction restait que la demeure ne lui appartenait pas même à moitié.

Elle appartenait à Lena.

Six heures du soir venaient de sonner à l'horloge, lorsque les déménageurs repartirent enfin. Lena et Jonathan avaient gardé tous les meubles de leur précédent appartement et ils souhaitaient les intégrer à leur nouveau logis. Pour apporter une touche de contemporain dans l'univers plutôt grand Siècle du salon, le couple choisit d'ôter du mobilier. Telle une splendide table basse en acajou aux pieds superbement travaillés, bien trop massive à leur goût que l'on remplaça par une plus moderne en verre. Les déménageurs les avaient donc aidés à transporter le tout jusqu'au grenier. On relégua ainsi au fin fond de la mansarde, un fauteuil Louis XVI en piteux état, une banquette Napoléon III et la table en bois.

Monsieur Mayeur faillit tourner de l'œil, en voyant les meubles préférés d'Éléonore Roséne quitter leur emplacement de toujours...

La pièce de réception nécessitait d'être repeinte, comme tout le reste d'ailleurs. Depuis des années, l'ancienne propriétaire n'entreprenait plus rien. En effet, elle ne tolérait plus le moindre étranger dans sa maison d'après les dires de son intendant. Il était le seul à s'occuper du domaine.

Cet endroit méritait de retrouver ses lettres de noblesse. Après mûre réflexion, Lena avait décidé de quitter son emploi pour ouvrir des chambres d'hôtes. Elle aimait son travail, mais dans les circonstances actuelles il se révélait difficile à supporter. Jonathan avait un peu hésité puis trouvé l'idée plutôt intéressante. C'était une activité à la mode ces temps-ci. De toute façon, ce ne serait pas vraiment pour l'argent étant donné que le couple n'en avait pas besoin pour le moment. Sans compter la somme laissée par Tante Éléonore et celle touchée grâce à la vente de leur appartement. Cependant, cela offrait un but à Lena. Elle aimait bien recevoir, cuisiner et allait donc pouvoir s'en donner à cœur joie. D'autre part, cette maison aspirait à voir du monde après tant d'années de solitude. Peut-être même qu'à l'avenir, le manoir deviendrait un endroit à la mode, une adresse que l'on se transmettrait de bouche-à-oreille. Si un jour Jonathan se lassait de son métier de photographe, travailler à domicile pourrait être intéressant. Enfin, on n'en était pas encore là. Pour le moment, le plus important pour le couple était de se sentir chez eux dans ce nouveau logis...

En attendant, les Deforges passèrent deux bonnes heures dans le grand salon à déplacer les meubles dans tous les sens, pour finalement les laisser à leur position initiale. La table basse en verre ultramoderne semblait quelque peu incongrue, au milieu de ceux de la tante Éléonore, mais cela leur plaisait quand même. Ils gardèrent le lustre en cristal et fer forgé qui était splendide et se mariait fort bien avec l'ensemble.

Après avoir hésité quelques instants, Lena décida de se séparer d'une collection de sujets en porcelaine qui se trouvait sur un guéridon. En vitesse, elle monta le tout dans un carton au grenier et le déposa sur le sol. L'atmosphère de cette pièce encombrée d'objets et mobiliers de tous âges la troublait au plus haut point.

Cependant, il se faisait tard, et les Deforges étaient épuisés. Après une courte collation, ils se rendirent directement dans la chambre à coucher qu'ils avaient choisie en attendant d'en repeindre une autre, plus petite et donc plus intime. Dans cette dernière, l'ameublement restait assez rustique sans être trop chargé. Le grand lit à baldaquin avait charmé Lena. Toutefois, la jeune femme prit soin de changer les draps pour être certaine de dormir dans son propre linge.

Même si elle n'était pas vraiment à l'aise, Lena était tellement fatiguée qu'elle sombra rapidement dans le sommeil. Tout comme son mari.

Le lendemain, la journée était particulièrement radieuse. Le ciel était pur sans l'ombre d'un nuage, et l'air déjà presque chaud avant même sept heures du matin.

Lena se leva pleine d'entrain malgré quelques courbatures. Son époux dormait encore à poings fermés. La jeune femme sortit à pas de loups de la chambre, sans fermer la porte derrière elle, ayant peur que celle-ci ne grince et réveille Jonathan, puis elle descendit au rez-de-chaussée. Elle se fraya un passage au milieu des cartons, regroupés par les déménageurs dans le hall, et se rendit dans la cuisine. La clarté qui baignait cette pièce lui causa un bref éblouissement. La lumière du petit matin s'engouffrait à travers la vitre et faisait chatoyer les ustensiles en cuivre que l'on pouvait trouver un peu partout.

D'emblée, Lena sut qu'elle se sentirait toujours à son aise dans cet endroit. Une odeur étrange y régnait, semblant s'échapper des murs, et pourtant agréable. Le mobilier de style rustique était composé d'un vaisselier chargé de différentes assiettes en porcelaine, d'un homme debout rempli de diverses victuailles, d'une table immense en chêne. Ces meubles paraissaient aussi vieux que la maison, ce qui conférait à l'endroit un charme fou. Divers bocaux, objets ou même pots de confitures s'alignaient sur des étagères en bois ou en fer forgé qui couraient tout autour de la pièce. Un magnifique piano de cuisson ancien trônait sous sa hotte maçonnée. Il était flanqué d'un superbe évier antique en pierre avec sa robinetterie en cuivre. Il n'y avait aucun rideau aux fenêtres, ce qui permettait d'apercevoir la campagne. Celle-ci s'étalait à perte de vue offrant aux yeux éblouis de Lena le spectacle du réveil de la nature en ce doux mois de septembre.

La jeune femme s'arracha à sa contemplation et se mit en quête d'une cafetière. La sienne devait se trouver au fond d'un carton, mais elle ne savait pas lequel. Elle comprit alors qu'elle n'avait pas bu son breuvage préféré depuis la veille au matin. C'était une première pour elle, qui en avalait d'habitude quatre ou cinq tasses par jour. Elle découvrit finalement sur une étagère une cafetière italienne. Néanmoins, un autre problème se posait. Elle devait trouver un paquet de café.

Lena se reprocha de ne pas en avoir mis un de côté. Si elle ne buvait pas illico un bol rempli à ras bord de ce doux nectar, elle risquait fort d'être de méchante humeur tout le reste de la journée.

Elle regarda sur les étagères et dans plusieurs pots sans succès. Subitement, elle avisa le vieux réfrigérateur de sa tante, coincé entre le vaisselier et le frigo américain dernier cri de Lena que l'on avait branché la veille. Elle tira la porte de l'antique frigidaire et jeta un œil à l'intérieur. Elle distingua aussitôt avec émerveillement une boîte en fer à l'effigie d'une marque de café. Lena s'en saisit le cœur battant et l'ouvrit. Une suave odeur s'en échappa qu'elle inhala avec délice. Elle lut par acquit de conscience la date inscrite sous le contenant.

Encore bon ! Chouette ! se dit la jeune femme avant de se préparer enfin sa boisson favorite.

En attendant que l'exquis breuvage monte, elle considéra le vieux frigo qui ne servait plus à rien et soupira. Il y avait tant de choses à faire dans un emménagement.

Le couple passa la journée entière à déballer les cartons, rangeant ce qui pouvait l'être, assisté de monsieur Mayeur qui était venu gentiment proposer son aide.

De prime abord, ce dernier présentait un caractère plutôt taciturne. Pourtant, son visage s'illumina quand les Deforges l'autorisèrent à rester dans sa petite maison. Lena ajouta qu'il n'avait jamais été question un seul instant de le mettre à la porte. Le vieil homme était soulagé. Il n'avait aucune famille, donc nulle part où aller. Comme il craignait d'être jeté à la rue par Lena et son mari, il s'était morfondu des mois durant. Bien sûr, avant son décès, Éléonore avait certifié à son intendant que sa petite-nièce accepterait le manoir et le garderait à son service. Selon elle, il ne viendrait jamais à l'esprit de la jeune femme de s'en débarrasser. Jacques Mayeur était loin d'en être également convaincu. Comment pouvait-elle être aussi catégorique ? Pourtant, la dame ne s'était pas trompée.

De son côté, Jonathan se trouvait rassuré, car quelqu'un serait présent pour veiller sur son épouse lorsqu'il serait absent. Il n'aimait pas l'idée de savoir Lena toute seule dans cette grande maison.

Si monsieur Mayeur n'était pas bavard, il ne rechignait pas à la tâche pour autant. Il se proposa de lui-même pour aider Jonathan, qui avait décidé de repeindre la fameuse pièce choisie par le couple comme chambre maritale.

Cette deuxième journée au manoir passa en un éclair.

Le soir venu, Lena et Jonathan ne tenaient plus debout. L'intendant offrit de les inviter à dîner chez lui, mais ils refusèrent, préférant encore une fois manger sur le pouce pour pouvoir se coucher au plus vite. D'ailleurs, à peine la tête posée sur l'oreiller, ils s'assoupirent aussitôt. C'était une habitude pour Jonathan, mais pas vraiment pour sa femme.

Lena n'avait pas trouvé le sommeil aussi rapidement depuis des années. Elle se réveilla une fois de plus toute contente de constater qu'elle avait dormi pendant une nuit entière. Évidemment, elle mit cela sur le compte de la fatigue. Ce qui ne l'empêcha pas de se sentir toute guillerette.

C'est donc avec entrain que la jeune femme continua l'aménagement de la demeure, pendant que Jonathan et Jacques arrachaient la tapisserie de la future suite parentale. Les deux hommes travaillèrent vite et en seulement trois heures, les murs avaient perdu leur habillage ancestral. Pour la nouvelle peinture, Lena avait choisi des teintes chocolat et beige. Elle espérait donner à ce lieu bien plus grand que leur ancienne chambre, une atmosphère douce et feutrée. Cet endroit offrait une superbe vue sur le parc s'étendant derrière la maison, dans lequel s'épanouissaient de magnifiques rosiers et quelques cerisiers encore en fleurs. Se réveiller chaque matin devant un tel spectacle serait un enchantement !

À la fin de la journée, la pièce était repeinte et nettoyée, il ne restait plus qu'à disposer les meubles. Lena avait vidé presque tous les cartons sauf ceux de leur chambre. Elle trouva le temps de laver à fond la salle de bains, découverte encombrée de vieux flacons et tubes de crème entamés, dont elle s'était débarrassée. Elle garda juste un broc et sa cuvette en porcelaine et un petit panier rempli de savonnettes. L'ancien fauteuil en osier eut le droit de rester, car il ajoutait au charme suranné de l'endroit.

D'habitude, Lena ne jurait que par le contemporain. Elle avait donc bien du mal à se reconnaître. Elle éprouvait de l'attirance pour le côté désuet de certaines pièces du manoir, comme si l'âme de sa tante avait pénétré son subconscient pour l'empêcher de changer de trop la décoration de la demeure.

Ou peut-être était-ce la maison qui voulait rester telle quelle... Lena soupira à cette pensée. La fatigue entraîne des idées bizarres.

La jeune femme s'effondra sur une chaise en bois dans la cuisine. Il était dix-neuf heures, donc temps de préparer le dîner, pourtant Lena ne s'en sentait pas la force. Elle aurait bien fait appel à un livreur de pizza, toutefois elle doutait qu'il vienne exprès de Nice pour ses beaux yeux. L'inconvénient d'habiter la campagne. Elle ne pourrait plus utiliser les services de restauration à domicile. De toute manière, elle aurait tout le loisir de concocter des plats maintenant qu'elle ne travaillait plus. Mais, ce soir...

Lena se leva et ouvrit le meuble que l'on nommait *homme debout*, à présent rempli des provisions récupérées de son ancienne cuisine. Elle sortit un paquet de pâtes et un pot de tomates concassées. Aromatisé de quelques herbes ce serait un délice. En tout cas meilleur que des sandwichs.

Elle venait juste de verser les spaghettis dans l'égouttoir en inox, lorsqu'elle entendit son mari et Jacques descendre l'escalier en riant.

— Hum ! Ça sent bon par ici ! lança Jonathan en pénétrant dans la cuisine avec une mine gourmande. Monsieur Mayeur, vous restez dîner avec nous, n'est-ce pas ?

Celui-ci secoua la tête en signe de dénégation.

— Je préfère vous laisser souper en amoureux, répondit-il d'un ton bourru, je suis un vieil ours, le soir, rien de mieux que ma tanière.

Lena sourit à l'allusion.

— Voyons, cela ne nous dérange absolument pas, assura-t-elle. Nous en avons largement pour trois. J'ai toujours été... généreuse dans les quantités.

— Oui, disons plutôt que ma femme ne sait pas doser, ironisa Jonathan.

— Ah ! Ah ! Et toi, tu ne sais même pas faire cuire un œuf !

— Faux ! Je fais très bien les œufs à la coque.

Un sourire en coin s'afficha sur le visage de Lena.

— Bon, monsieur Mayeur, restez, cela nous fera plaisir, dit Jonathan, sinon je vais croire que notre compagnie vous déplaît.

Le vieil homme s'installa sur l'une des chaises en bois.

— Alors juste ce soir.

Le dîner fut simple, mais agréable. L'intendant leur raconta quelques anecdotes sur les mois précédant l'arrivée du couple. Par exemple, les questions insistantes des villageois pour savoir si le manoir serait vendu. Puis ses propres doutes sur son avenir dans la demeure. De son côté, Jonathan lui avoua qu'il était bien content de la présence de Jacques au domaine, car il n'aimait pas que Lena soit loin de tout. Certes, le bourg se trouvait à quelques kilomètres, mais la maison restait quand même isolée. Toutefois, Jacques le rassura en lui déclarant que généralement, personne ne s'aventurait jusqu'ici.

Vers dix heures, ils se souhaitèrent bonne nuit et monsieur Mayeur regagna son foyer, très heureux de sa soirée passée avec le couple.

Quel dommage qu'Éléonore n'ait pas eu la chance de connaître ces jeunes gens ! se dit-il. *Ils sont si charmants qu'elle n'aurait pu que les aimer, c'est certain, surtout Lena. Pourquoi, pourquoi ne m'a-t-elle pas écoutée ?*

Un sanglot s'étouffa dans la gorge du vieil homme. D'un côté, il aurait voulu partir avant elle et de l'autre, il était content qu'Éléonore Roséne ne fût pas restée seule.

Jonathan et Lena montèrent se coucher dans la même pièce que la veille. La jeune femme attendait avec impatience leur installation dans la nouvelle chambre.

Vivement demain, que les meubles soient enfin disposés, se dit-elle en se glissant dans les draps.

Ce lit à baldaquin était magnifique, pourtant ce soir, elle se sentait mal à l'aise, car ce n'était pas le sien. Elle n'aurait su dire pourquoi, mais l'atmosphère même de l'endroit lui semblait oppressante. Probablement à cause de ces anciennes tentures bordeaux aux fenêtres, de cette cheminée immense et vide et de l'armoire ventrue qui trônait dans son coin. Ou bien du petit bureau sur lequel étaient posés un encrier et sa plume, en attente de la main qui s'en servirait d'un moment à l'autre.

Lena, contrairement à la nuit dernière, ne put fermer l'œil. Elle se sentait pourtant aussi épuisée que la veille.

Eh bien ! se dit la jeune femme, *mon répit n'aura été que de courte durée. Revoilà ma bonne vieille copine, l'insomnie.*

Elle soupira et se tourna vers Jonathan, qui lui, dormait à poings fermés. Il ronflait même un peu.

Exaspérée, Lena le poussa sur le côté.

Soudain, elle se demanda qui était l'ancien occupant de cette pièce. Ce n'était pas celle de la tante Éléonore, la sienne se trouvant au bout du couloir. Lena avait d'ailleurs décidé de ne pas y toucher pour le moment. Alors était-ce juste une chambre d'amis ?

Que je suis bête, pensa Lena, *vu l'âge de la maison, elle a forcément appartenu à quelqu'un en particulier ! Après tout, qu'est-ce que cela peut faire ?*

Lena chercha à tâtons l'interrupteur de la petite lampe posée sur la table de chevet. Jonathan ne bougea même pas. Rien ne le dérangeait quand il dormait, ce qui était bien pratique pour son épouse qui bouquinait souvent tard. Cette dernière s'aperçut qu'elle n'avait rien à lire à proximité. Alors, elle jeta un œil vers le bureau. Qui pouvait s'être assis à cette table pour écrire ? Avec la vue sur le parc, un auteur trouverait sans aucun doute l'inspiration. Lena tourna ensuite son regard vers l'armoire en se demandant ce qu'elle contenait.

Agacée, la jeune femme se massa les tempes.

— Qu'est-ce que je donnerai pour dormir ? murmura-t-elle.

Du pied, elle repoussa la lourde courtepointe à motifs de toile de Jouy. Bordeaux, la couleur fétiche de la pièce. Elle se sentait oppressée et pensa un instant descendre dans la cuisine pour boire un peu d'eau, mais la simple idée de traverser la maison plongée dans le noir était insurmontable. Lena songea à son petit appartement ou bien des fois pendant les nuits d'insomnies, elle se levait pour avaler un verre de lait, grignoter quelque chose ou tout bonnement lire, tranquillement installée sur le canapé. À présent, elle ne trouvait pas le courage de poser un pied hors de la chambre.

Mon Dieu, se dit-elle, *je ne vais pas avoir peur dans ma propre maison. Sinon, que vais-je devenir lorsque Jonathan sera absent ?*

Lena tenta de se raisonner. Après tout, ils habitaient le manoir depuis seulement trois jours, c'était normal de ne pas se sentir encore chez soi.

La jeune femme soupira, éteignit la lampe et ferma les paupières.

Un hurlement terrible résonna alors.

D'un coup, Lena se redressa sur le lit, les yeux écarquillés et le cœur battant la chamade. Elle se tourna vers Jonathan. Celui-ci dormait toujours. Il n'avait même pas bougé un cil ! Avait-elle bien entendu cet horrible cri ou n'était-ce qu'un effet de son imagination ?

Lena glissa une main tremblante vers la lampe de chevet. Elle trouva, après de longues secondes qui lui parurent interminables, le bouton de l'interrupteur qu'elle actionna fébrilement. Son mari se tourna de l'autre côté, mais ne se réveilla pas. La jeune femme remonta machinalement le drap sur elle tout en jetant des œillades furtives à travers la chambre. Au bout d'un moment, les battements de son cœur ralentirent et elle se sermonna à voix basse.

— Je suis tellement fatiguée que j'en imagine des trucs.

Pourtant, se mentir à soi-même est un exercice difficile, aussi Lena renonça. Elle avait bien entendu un hurlement, un point c'est tout.

Un hurlement de femme, de surcroît.

Lorsque Lena ouvrit les yeux, son premier réflexe fut de regarder l'heure sur son réveil digital — 6 h 10 — ainsi, elle s'était assoupie dans son lit, en position assise. Comme la lampe de chevet était toujours allumée, Lena se sentit soudain ridicule. Elle se rappelait avoir entendu un cri, mais c'était peut-être un cauchemar. La fatigue, l'énervement pouvaient tout expliquer. Sinon, pourquoi Jonathan ne s'était-il pas réveillé lui aussi ? Certes, il avait le sommeil profond, mais quand même, un tel hurlement !

La jeune femme repoussa le drap, la courtepointe, puis se leva. Son mari grommela et s'enfouit encore plus au fond du lit.

Autant le laisser dormir, se dit Lena. *Après tout, il est en vacances.*

Elle enfila ses pantoufles et sortit à pas feutrés de la chambre. Puis elle descendit en vitesse les marches de l'escalier. Une fois dans la cuisine, elle constata qu'il régnait un froid de canard. Dire que septembre démarrait à peine. Elle pensa un instant remonter là-haut pour passer son peignoir, mais elle y renonça. S'activer servirait à la réchauffer. Après avoir préparé le café, elle prit des croissants dans un sachet, qu'elle déposa dans le four du piano de cuisine avant de l'allumer. Celui-ci démarra un peu bruyamment, puis se mit ensuite à ronronner. Lena sortit alors les bols du placard et les disposa sur la table. Une fois toutes ces tâches accomplies, elle regarda par la fenêtre.

La vue sur le parc était magnifique. Les arbres et les rosiers en fleurs aux couleurs chatoyantes resplendissaient en cette heure matinale. Curieuse, Lena se demanda à qui était confié l'entretien des extérieurs. Était-ce à monsieur Mayeur ? Ou peut-être une entreprise de temps en temps ? La jeune femme avait bien envie de jardiner, néanmoins elle doutait de pouvoir s'occuper de cet endroit toute seule et cela en plus de son travail à la maison. Il était loin le petit balcon où elle cultivait avec amour quelques plantes. De toute manière, elle aurait bien le temps de s'en préoccuper.

— Déjà levée, fit une voix derrière Lena qui la fit sursauter.

Jonathan, mal rasé, les cheveux en bataille, se tenait dans l'encadrement de la porte.

— Voyons, chéri, retourne te coucher, il est vraiment tôt, lui dit en souriant Lena.

Jonathan haussa les sourcils.

— Cela fait bien longtemps que tu ne m'as pas appelé *chéri*.

Lena ne répondit pas et s'approcha de lui pour déposer un baiser sur ses lèvres, qu'il lui rendit aussitôt.

— De toute manière, continua Jonathan en allant s'asseoir à table, nous avons tellement de choses à faire dans cette maison que je préfère être debout le plus tôt possible.

Le café ayant monté, Lena le servit, accompagné des croissants tout juste sortis du four. Prendre son petit-déjeuner au calme dans cette cuisine était très agréable. Lena aurait apprécié pleinement l'instant si une pensée obsédante ne trottait dans sa tête.

— Tu n'as rien entendu cette nuit ? demanda-t-elle en s'éclaircissant la voix.

Jonathan s'apprêtait à engloutir une viennoiserie. L'air surpris, il suspendit son geste et regarda son épouse.

— Entendu quoi ?

— Euh ! En fait, j'ai eu l'impression que quelqu'un avait poussé comme une sorte de... hurlement.

Comme elle parlait, ses joues s'empourprèrent.

Le jeune homme croqua un morceau de croissant.

— Non, je n'ai rien entendu, fit-il après avoir avalé.

— C'est drôle quand même, ce cri m'a paru si réel.

— Peut-être était-ce un loup !

Lena resta la bouche ouverte.

— Il y a des loups par ici ! s'exclama-t-elle après un instant.

Un grand sourire se déploya sur le visage de son mari.

— Je plaisantais, voyons ! À ma connaissance, pas dans notre région, et du moins pas en liberté.

— Je ne trouve pas ça drôle !

— Ne te fâche pas, ma chérie ! rétorqua Jonathan, l'air amusé.

— En tout cas, je suis certaine d'avoir bel et bien entendu un hurlement, insista Lena, la mine boudeuse.

Jonathan posa sa main sur la sienne.

— Si tu le dis, je te crois ! Bon, déjeune donc cela va te faire du bien.

La jeune femme fixa son époux, les sourcils froncés.

— Comment ? Cela ne t'inquiète pas un tout petit peu !

Il plongea son regard brun dans le sien, étonné à son tour.

— Tu as entendu un cri... et alors ? On ne va pas en faire une affaire d'État ! Cette maison est pleine de bruits bizarres. J'en entends tous les jours depuis que je suis là. C'est ça les vieilles baraques, ça craque de tous les côtés. Ce que tu as pris pour un hurlement n'en était pas un. Ou alors peut-être celui d'un animal...

— À l'intérieur ?

— Mais non, dehors ! rétorqua-t-il avec une petite moue agacée. Tu auras cru que cela venait de l'intérieur, c'est évident. Et puis, pourquoi n'ai-je rien entendu ? Un hurlement m'aurait réveillé, il me semble ! Je dors profondément, mais pas à ce point tout de même...

Lena fit une mimique signifiant qu'elle n'en était pas tout à fait certaine. Mais elle ne renchérit pas, car son mari avait probablement raison. Depuis toute petite, elle avait toujours eu une imagination plus que débordante. Heureusement que son époux était plus terre à terre.

Une heure plus tard, chacun vaquait à ses occupations. Lena nettoyait à fond la cuisine ainsi que le débarras attenant. Jonathan finissait de passer la deuxième couche de peinture dans leur future chambre. Il était assisté de monsieur Mayeur. La fin de cette pesante période de solitude n'était pas pour déplaire à celui-ci.

Quand la jeune femme eut terminé, il était près de treize heures, mais la pièce brillait comme un sou neuf. Lena avait installé toutes ses propres affaires, tel son robot ménager, reléguant dans la remise quelques objets inutiles. Comme des pots en verre qui contenaient des condiments pas forcément de toute première fraîcheur. Les jeter aurait été plus simple, mais elle ne pouvait s'y résoudre pour le moment.

La jeune femme regarda autour d'elle, satisfaite de son travail. À présent, elle se sentait complètement chez elle dans cet endroit.

Jacques Mayeur se posta dans l'encadrement de la porte.

— Cela fait longtemps que cette cuisine n'avait pas été aussi resplendissante, constata-t-il en souriant.

Lena soupira.

— Cela n'a pas été une partie de plaisir. Cette pièce fait presque le triple de celle que nous avions dans notre ancien appartement. Enfin, je suis contente du résultat. Car ça valait le coup !

— Je vois que vous avez gardé la jolie vaisselle d'Éléo... de madame Roséne.

— Oui, ce service est splendide. J'ai conservé pas mal de choses d'ailleurs. J'aime tous ces pots en grès de différentes sortes que ma tante semblait collectionner.

— C'était le cas, fit monsieur Mayeur en hochant la tête. Elle en était fière, bien que la pauvre n'eût pas grand monde à qui les montrer.

Lena regarda le vieil homme. Elle ressentit un pincement au cœur. Si seulement elle avait pu connaître sa parente. Elle possédait maintenant les affaires d'une femme, qu'elle avait croisée une fois dans sa vie. Une personne de sa famille et pourtant une étrangère.

— Vous restez déjeuner avec nous ? demanda Lena d'une voix un peu émue.

Il secoua la tête.

— Je vous remercie, j'ai ce qu'il faut chez moi pour un repas de midi sur le pouce. Ensuite, j'en profiterai pour m'étendre un moment. Ma vieille carcasse a besoin d'un peu de repos.

— Monsieur Mayeur, vous en avez assez fait. Je ne veux pas que vous vous épuisiez à la tâche.

— Appelez-moi Jacques, ma p'tite dame, et ne vous en faites pas, car cela me fait plaisir de donner un coup de main. Vous ne pouvez même pas savoir combien cela m'apporte de satisfaction...

Sur ces bonnes paroles, l'intendant lui adressa un sourire radieux, coiffa son chapeau et sortit du manoir.

Sur le chemin menant à sa propre maison, Jacques songea une fois de plus au soulagement qu'il ressentait en voyant le jeune couple reprendre la demeure. Cela valait bien un peu d'aide. Quitter cet endroit aurait été pour lui un tel déchirement. Il y avait vécu les plus belles années de sa vie. La seule chose qu'il demandait à Dieu, lui qui n'avait pratiquement jamais rien sollicité de sa part, c'était de pouvoir s'éteindre ici même, près d'Éléonore Roséne.

Lorsque le couple eut fini de déjeuner de sandwichs, ils s'installèrent dans le canapé de leur nouveau salon pour déguster un bon café. Le fond de l'air était frais, aussi Lena se pelotonna contre son mari.

— Cet après-midi, je vais inspecter toutes les pièces, annonça la jeune femme. La dernière fois, je n'ai pas regardé dans les détails. À présent, j'ai plein d'idées pour nos chambres d'hôtes.

Jonathan sourit et serra son épouse contre lui. Elle était si différente depuis quelque temps. Si... heureuse. Elle n'avait pas parlé de bébé depuis des semaines. Son mari s'était bien gardé de relancer le sujet. Cela ne servait à rien de remuer le couteau dans la plaie. Son esprit était occupé ailleurs et cela leur donnait l'occasion de faire un break, ce qui ne pouvait pas faire de mal.

— Quand notre chambre sera-t-elle prête ? continua Lena en levant ses yeux vert absinthe vers Jonathan.

— Oh, demain je pense que nous pourrons installer tous les meubles ! Cette peinture sèche vite et ne sent pas trop.

Demain, songea Lena, *cela veut dire encore une nuit dans la chambre bordeaux.*

— Pourquoi pas ce soir ? fit-elle, la mine boudeuse. Nous pourrions tout ranger cet après-midi.

— Voyons, ne sois pas si impatiente, répliqua Jonathan amusé. Autant faire les choses correctement, tu ne crois pas ! La pièce aura eu le temps de bien s'aérer. Je déteste dormir dans les odeurs de peinture. Cela me donne mal à la tête.

Lena n'insista pas. Elle lui donnait raison, mais la perspective de sa future nuit blanche ne la réjouissait guère.

Chapitre 3

Cet après-midi-là, Lena entreprit d'inspecter les quatre pièces destinées à devenir par la suite les chambres d'hôtes du manoir. Elle avait décidé de ne pas exploiter celle de sa tante pour le moment et d'en conserver une pour si, éventuellement, un enfant se présentait.

À sa grande stupeur, elle constata que la majorité du mobilier dans ces pièces était tout à fait utilisable, car les meubles étaient bien souvent d'époque et en parfait état. Ceux-ci ne semblaient pas avoir bougé depuis des lustres.

La dernière chambre se trouvait en haut de la tour et l'endroit lui réservait une surprise de taille. Lorsque Lena posa la main sur la poignée en porcelaine fleurie, elle sentit une drôle d'impression l'envahir. Elle tira la porte en grand, laissant à ses yeux le temps de s'accoutumer à la pénombre régnant à l'intérieur. Puis elle entra à pas feutrés et se dirigea vers l'une des fenêtres qu'elle ouvrit non sans peine, avant de repousser les persiennes en bois couleur olive qui émirent un grincement déplaisant. La dernière fois qu'elle était venue en compagnie du notaire, elle avait regardé la vue par la vitre en se remémorant sa seule et unique visite en ce lieu, étant enfant. Mais cela n'avait duré que quelques minutes. À ce moment-là, elle n'avait pas vraiment la possibilité de s'attarder, et n'avait donc pas pu juger de l'état de cette pièce.

Aussi, Lena éprouva un choc en se retournant.

La chambre était splendide. Le lit avec son arche se situait dans une alcôve, face aux fenêtres. De nombreux petits coussins exécutés en dentelle ou en lin étaient disposés avec goût sur le boutis à motifs imprimés de fleurs assorti aux rideaux. Un tissu identique recouvrait un fauteuil de style médaillon Louis XVI. Sur une jolie commode en bois de rose laquée, tout en galbe, était posé un miroir. Une armoire d'angle de couleur grise composait le reste du mobilier. Mais ce qui attira surtout l'œil de Lena fut le berceau ancien en osier, surmonté de son baldaquin.

Lena s'approcha tout doucement, fixant le matelas recouvert de draps de soie beige, assortis au tour de lit.

Un bébé avait dormi dans ce berceau.

La jeune femme sentit sa gorge se serrer. Elle luttait pour contrer les larmes qui menaçaient de vouloir s'échapper de ses paupières. Faisant un effort considérable, elle s'arracha à la contemplation du berceau et c'est alors que son regard se posa par hasard, sur le tableau accroché juste au-dessus de la courtine.

Un puissant frisson parcourut son corps de l'échine jusqu'aux pieds.

Le cadre en bois, doré à la feuille d'or, mettait en valeur le portrait d'une femme. Une jeune femme qui lui ressemblait étrangement. Mêmes cheveux auburn longs et bouclés, même regard vert absinthe, visage identique aux traits fins, mais volontaires. La seule différence se trouvait dans ses vêtements à la mode de la fin du dix-neuvième siècle.

Lena resta pétrifiée, bouche bée. Elle ne comprenait pas comment cela était possible, cependant tante Éléonore possédait un portrait de sa nièce. Cette dame était un peu bizarre. Une question que Lena s'était maintes fois posée ressurgit dans son esprit. Puisque Éléonore Roséne voulait lui léguer sa fortune ainsi que son manoir, pourquoi n'avait-elle jamais cherché à la rencontrer de son vivant ? Elle ressentit de la peine pour sa tante. Probablement, celle-ci n'avait-elle jamais osé ou bien avait-elle eu peur d'être rejetée...

La jeune femme s'assit sur le lit. Elle se sentait si lasse et tant de questions se pressaient dans sa tête. Des questions dont elle ne connaîtrait sans doute jamais la réponse. Machinalement, elle attrapa un petit coussin. Il était recouvert de tissu en dentelle d'un blanc un peu passé, avec un magnifique « I » en monogramme de fil rouge brodé en son centre.

De quel prénom s'agit-il ? se demanda Lena. *Pas celui d'Éléonore, en tout cas.*

Dans la famille, elle ne connaissait personne dont le nom de baptême commençait par cette lettre. Elle soupira et remit l'oreiller en place.

Je vais devoir percer quelques mystères, pensa-t-elle, *et j'espère que monsieur Mayeur pourra m'aider. Allons, j'ai encore du pain sur la planche.*

Sans un regard en arrière, elle sortit de la chambre en claquant la porte.

Ce soir-là, alors qu'ils dînaient assis l'un en face de l'autre, Jonathan fit remarquer à son épouse qu'elle était bien silencieuse.

— Oh, je réfléchissais, répondit Lena en posant sa fourchette.

Son mari lui sourit.

— Peut-on savoir à quoi ?

— J'ai visité toutes les pièces du manoir cet après-midi, je pense que nous pouvons récupérer pas mal de mobiliers et d'objets pour nos chambres d'hôtes.

— Tant mieux, cela nous coûtera moins cher, fit Jonathan pragmatique, en se coupant un morceau de pain.

— Oui, toutefois... je suis quand même étonnée. Pourquoi toutes ces chambres sont-elles meublées avec un goût exquis, dans des couleurs et tonalités différentes, alors que tante Éléonore ne recevait absolument personne ?

Jonathan se servit un verre de vin.

— Es-tu vraiment sûre qu'elle ne voyait personne ? Puisque de toute évidence, ta famille ne s'en préoccupait pas le moins du monde.

La jeune femme soupira.

— Ils l'appelaient tous *la vieille folle du manoir* et prétendaient qu'elle finirait aussi seule qu'elle avait vécu.

— Mais était-ce bien la vérité ? Vous ne la connaissiez pas plus que moi, après tout. Certes, elle t'a légué sa maison, mais elle avait peut-être quelqu'un dans sa vie.

Lena leva des yeux écarquillés vers lui. Jonathan avait probablement raison. L'existence d'Éléonore se révélait un mystère, en fin de compte.

Soudain, une idée traversa l'esprit du couple au même instant.

— Monsieur Mayeur, clamèrent-ils en chœur.

Un rire secoua les époux. Décidément, ils étaient toujours sur la même longueur d'onde.

— Dès demain, je lui demanderai de me parler de ma tante ! Après tout, j'ai le droit de savoir qui elle était ! trancha la jeune femme avant de se lever pour débarrasser la table.

Chapitre 4

Le lendemain matin, Jacques Mayeur époussetait une commode dans la chambre bleue, surnommée ainsi par Lena en raison de la couleur prédominante des tentures et du linge de lit.

La jeune femme nettoyait un miroir en étain. Mais son esprit était ailleurs. Au bout de quelques instants, sans avoir l'air de rien, elle demanda au vieil homme si sa tante Éléonore avait eu une vie agréable.

Un sourire en coin s'afficha sur le visage de Jacques.

— Que voulez-vous savoir au juste ?

Lena laissa retomber la main qui tenait le chiffon, avant de se tourner vers lui.

— A-t-elle toujours vécu seule ?

Monsieur Mayeur prit son temps pour répondre, en astiquant le meuble de façon négligente.

— Madame Roséne... Éléonore Roséne était quelqu'un de spécial, très spécial.

Lena haussa un sourcil. Il piquait sa curiosité.

— Spéciale, mais profondément attachante, continua-t-il en détachant ses mots. Je regrette que vous ne l'ayez pas connu. Elle me parlait sans cesse de vous.

La jeune femme ouvrit des yeux étonnés.

— Elle vous parlait de moi !

— Effectivement ! Elle était certaine que vous reprendriez le manoir. J'écoutais sans jamais la contredire, bien qu'au fond de moi, je doutasse fortement qu'une personne comme vous vienne s'enterrer dans ce coin perdu. Surtout après avoir toujours vécu dans une grande ville. Pourtant, elle ne s'est pas trompée. Elle avait un sixième sens, c'est évident.

Jacques laissa tomber l'époussetage. Il tourna ses yeux clairs vers Lena.

— Vous n'avez pas répondu à ma question, lui rappela-t-elle d'une voix douce.

Le vieux monsieur s'assit pesamment sur une chaise directoire placée à côté de la commode. Puis il soupira, comme si satisfaire à la demande de la jeune femme exigeait un effort intense.

— Votre tante n'a pas toujours vécu seule, elle a même... cohabité avec un homme pendant quelque temps.

Lena porta la main à son cœur.

— Ma famille était-elle au courant ?

Monsieur Mayeur ricana.

— Bien sûr que non ! Personne ne l'a jamais su. Elle lui avait fait promettre de ne jamais divulguer ce secret.

— Pourquoi ? Je ne comprends pas ! Qu'y avait-il de mal à cela ?

Jacques secoua la tête.

— Vous oubliez que ce n'était pas la même époque, les gens étaient beaucoup moins... tolérants que de nos jours. L'homme qu'elle aimait n'aurait jamais été accepté par sa famille.

— Je ne peux pas le croire. Cela a dû être affreux pour elle. Mais où est cet homme à présent ?

Il leva les deux mains en l'air pour signifier qu'il n'en avait aucune idée.

Soudain, le berceau ancien qui se trouvait dans une des chambres du manoir revint à l'esprit de Lena.

— Monsieur Mayeur, ma tante a-t-elle eu... des enfants ?

Le regard du vieil homme se fit douloureux.

— Non ! Et ce fut un drame pour elle, surtout vers la fin de sa vie, même si elle prétendait le contraire. J'ai toujours su qu'elle rêvait d'en avoir un, rien qu'à voir son expression quand elle croisait ceux des autres.

Le cœur de Lena se serra et une vague de nausée la submergea, l'obligeant à s'asseoir sur le lit.

— Pour... pourquoi ? Était-elle...

La détresse dans le regard de la jeune femme transperça l'âme de l'intendant. Alors il décida de lui dire la vérité.

— Votre tante a eu un bébé, mort-né. Malheureusement, elle n'a jamais pu en avoir d'autres. Des complications liées à l'accouchement, je ne saurai pas vous expliquer.

Lena était sous le choc. Ce qu'elle venait d'apprendre la bouleversait. Elle imaginait fort bien la douleur ressentie par Éléonore, en comprenant qu'elle ne pourrait jamais plus avoir d'enfants. Mais le pire, c'est qu'elle avait porté un petit être, elle l'avait nourri dans son sein et il n'avait pas survécu. Comment pouvait-on simplement concevoir ce que sa tante avait éprouvé, cette attente, ses espoirs à jamais déçus ? Cet enfant que l'on ne connaîtra pas.

Lena ne put retenir ses larmes. Bouleversée, elle enfouit son visage dans ses mains.

En la voyant dans cet état, Jacques Mayeur se leva à la hâte de sa chaise, pour s'approcher de la jeune femme. Avec délicatesse, il l'entoura de ses bras.

— Allons, allons, ne pleurez pas ! Ne...

Les mots moururent dans sa bouche. Ému, il ne savait que dire pour la réconforter.

Au bout d'un moment, Lena se calma.

— Oh ! Je suis désolée, mais...

La pauvre avait la gorge nouée. Elle s'essuya les yeux et respira à fond.

— Je... Jonathan et moi essayons d'avoir un bébé et nous n'y parvenons pas...

— Je comprends, fit-il. Si j'avais su... mais, ce qui est arrivé à votre tante est son histoire à elle. Pas la vôtre. Ne vous en faites pas. Tout s'arrangera.

Lena se tourna vers Jacques et lui adressa un sourire triste. Elle entendait si souvent cette dernière phrase, mais venant de monsieur Mayeur, cela prenait une signification différente.

Dans la soirée, Lena raconta à son mari ce que lui avait appris l'intendant. Elle omit toutefois sa crise de larmes.

— Ça alors, personne n'a jamais su que cette femme avait eu quelqu'un dans sa vie ! s'exclama Jonathan. C'est quand même incroyable ! Dire que dans ma famille, si quelqu'un fait un pas de travers, tout le monde est au courant dans l'heure qui suit. Alors, une aventure secrète, j'ai peine à l'imaginer.

— Oh ! Tu connais la mienne, rétorqua Lena en fronçant les sourcils, elle est parfois bizarre. Mais tout de même, j'aimerais comprendre la raison du rejet de tante Éléonore par les siens...

— Ton père pense qu'elle n'avait pas toute sa tête.

Lena regarda étrangement son mari.

— Lorsque je l'ai rencontré à l'âge de huit ans, elle m'a semblé tout à fait normale.

— Oui, mais tu étais une enfant. On ne voit pas forcément toute la vérité à cet âge.

— Peut-être... mais s'il y avait une autre explication, ajouta-t-elle après un moment de réflexion.

— Laquelle ?

— Je ne sais pas, s'anima Lena. Quelque chose que notre tribu voudrait cacher.

La jeune femme baissa la tête. Son imagination, une fois de plus, prenait le pas sur sa raison.

— Les secrets de famille, ça existe, non ? fit-elle en secouant les mains.

Jonathan soupira.

— De toute manière, dit-il à son épouse, si tout le monde se tait, nous ne connaîtrons pas le fin mot de l'histoire.

Lena réfléchit quelques instants.

— Sauf si...

— Sauf si quoi ? reprit Jonathan, intrigué.

— Et si monsieur Mayeur était au courant de quelque chose ? Il a l'air d'en savoir un rayon sur tante Éléonore.

— C'est possible, mais pas certain. N'oublie pas qu'il était son employé avant tout. Même s'ils ont vécu longtemps côte à côte, cela ne veut pas dire qu'ils étaient proches. Mais tu pourras toujours lui poser la question demain.

— Demain ? répéta Lena en affichant une mine déconfite.

— Tu ne comptes tout de même pas aller réveiller ce pauvre homme pour satisfaire ta curiosité. Il doit sûrement dormir à cette heure.

Lena fit une petite moue.

— Mais non, voyons, je peux attendre, assura-t-elle, bien qu'une partie d'elle-même souhaite impatiemment le jour suivant.

Lorsque les époux montèrent se coucher, Lena se souvint soudain du portrait de la chambre rose. Elle entraîna son mari vers la pièce en question.

— Je dois te montrer quelque chose.

Jonathan haussa un sourcil, intrigué.

— À cette heure ?

Pour toute réponse, Lena ouvrit la porte, appuya sur l'interrupteur et dirigea son compagnon vers le lit, face au tableau.

Il resta bouche bée devant le portrait.

— Mais... on dirait...

— Moi ! triompha Lena.

— Oui, fit Jonathan en se reprenant, c'est incroyable !

Pendant quelques instants, tous deux contemplèrent la peinture.

Puis le jeune homme se tourna vers son épouse.

— Est-ce vraiment ton visage ? demanda-t-il en examinant sa femme comme s'il la voyait pour la première fois.

— A priori !

— Comment est-ce possible ?

— Je n'en ai absolument aucune idée ! Peut-être qu'une simple photographie a servi de modèle ? En tout cas, je suis sûre d'une chose, c'est que je n'ai jamais posé pour un peintre.

Jonathan observa encore une fois le tableau.

— Voyons, regarde les vêtements, ils ressemblent à ceux que l'on portait au dix-neuvième siècle. Même la coiffure d'ailleurs est de cette période !

Perplexe, Lena scruta la toile.

— Tu as raison, mais un artiste peut fort bien réaliser un portrait en costume d'époque d'après une simple photo, non ?

Jonathan haussa les sourcils.

— Et si ce n'était pas ton profil, mais celui de l'une de tes ancêtres ?

Incrédule, Lena le dévisagea.

— Qui me ressemblerait autant ?

— Pourquoi pas ? Cela s'est déjà vu !

La jeune femme avala péniblement sa salive. Cette idée, somme toute la plus vraisemblable, la mettait tout de même assez mal à l'aise. Elle se demandait bien pourquoi. Une fois de plus, elle se promit d'interroger Jacques Mayeur à ce propos, car elle était persuadée que l'intendant connaissait tout sur tout dans cette maison.

En attendant, elle devait passer une autre nuit dans la chambre bordeaux. Mais contre toute attente, Lena, qui était épuisée, trouva vite le sommeil.

Lorsqu'elle ouvrit les yeux, la jeune femme crut que c'était le matin, mais en regardant son réveil, elle eut la mauvaise surprise de découvrir qu'il n'était que trois heures. Cela l'agaça. Elle aurait voulu s'éveiller plus tard, car maintenant elle ne pourrait jamais se rendormir.

Lena observa autour d'elle, mais il faisait encore trop sombre. Elle tâtonna vers son mari qui sommeillait profondément et ne bougea même pas. Lena songea tout à coup que cela faisait au moins deux semaines qu'ils n'avaient pas fait l'amour. La préparation du déménagement et tout ce qui s'ensuit les avaient épuisés. Elle réfléchit toutes les fois où ils avaient dû s'aimer à heure fixe, pour tenter de concevoir un bébé. Une corvée, c'était à certains moments une corvée.

Plus jamais ça, se promit Lena. *Plus jamais !*

Au bout d'une demi-heure, Lena s'impatienta. Bien sûr, le sommeil l'avait quittée et elle se sentait en pleine forme. Elle décida donc de se lever. Comment rester coucher alors qu'il y avait tant à faire dans cette maison ?

Lena se retrouva dans la cuisine en train de préparer du café, qu'elle savoura avec délice un peu plus tard. Une envie subite de faire de la pâtisserie s'imposa à elle. Elle opta pour des cookies, car elle n'en avait pas concocté depuis des lustres. Lorsqu'elle eut déposé dans le four la première plaque de biscuits, elle pensa utiliser le temps de la cuisson pour se rendre dans la pièce qui servait de bibliothèque. Cette dernière était attenante au salon.

Lena ouvrit la porte et pénétra dans cet endroit qui pour elle se révélait magique. Des rayonnages en chêne couraient le long de chaque mur, entièrement recouvert de livres aux magnifiques reliures de cuir, pour la plupart anciens. Elle promena un doigt sur les étagères. Celles-ci nécessitaient un bon dépoussiérage. Le bureau de style ministre, aux nombreux tiroirs, qui se situait au milieu de la pièce était parfaitement rangé. Lena en fit le tour et s'assit dans le fauteuil Empire en acajou sombre. En soupirant d'aise, elle s'accouda à la table. De l'endroit où elle se trouvait, la vue au-delà de la fenêtre était ravissante. Les lueurs de l'aube qui émergeait lentement jetaient sur le paysage un rideau de couleurs somptueuses. La jeune femme demeurait subjuguée. Quel emplacement merveilleux pour écrire face à une telle splendeur ! Une pareille pensée la fit sourire. Elle se prenait pour une romancière à présent.

Soudain, une sensation bizarre l'envahit.

Elle resta pétrifiée, aux aguets. C'est alors qu'elle sentit comme un souffle d'air dans sa longue chevelure auburn, qu'elle portait dénouée dans son dos.

Le sang de Lena se figea dans ses veines, elle se retourna, mais ne vit personne. Elle essaya de contenir les battements désordonnés de son cœur, en se forçant à respirer plus calmement.

Une odeur de cigare flottait dans l'atmosphère.

Malgré elle, Lena regarda en direction du fauteuil Louis XVI qui se trouvait dans un coin de la pièce. L'arôme puissant paraissait venir de cet endroit. Mais bien sûr, il était vide.

La jeune femme se releva rapidement et sortit au pas de course de la bibliothèque, dont elle claqua la porte.

— Chérie !

La surprise lui fit pousser un petit cri et porter la main à son cœur. Elle redressa la tête et découvrit avec un grand soulagement son mari dans l'escalier, en pantoufles et robe de chambre, le cheveu brun en bataille.

— Tu m'as fait une de ces peurs, le gronda-t-elle gentiment.

— Qu'est-ce que tu fais debout à cette heure ?

— Je n'avais plus sommeil, alors j'ai préféré me lever et m'occuper, répondit-elle en s'approchant de lui.

Jonathan descendit les dernières marches pour enlacer Lena.

— Tu aurais dû me réveiller, fit-il, l'air coquin, je t'aurais aidé à te rendormir après... quelques exercices.

Lena enroula ses bras autour de son cou.

— Tu roupillais si profondément et si... bruyamment que je n'ai pas eu le cœur de t'extraire de tes songes, avoua-t-elle en minaudant.

Jonathan déposa des baisers sur sa nuque en murmurant dans son oreille qu'il leur restait du temps pour quelques galipettes.

— Après tout, ajouta-t-il, nous n'avons même pas inauguré cette maison. Mais... qu'est-ce que tu sens ? fit-il le nez plissé et les sourcils froncés.

Le sourire de Lena se figea sur son visage.

— Comme une odeur de...

Jonathan huma l'air et écarquilla les yeux.

— Une odeur de cookies ! Ne me dis pas que tu en as fait !

— Oui, confirma-t-elle, vaguement soulagée malgré elle, une fournée cuit déjà.

— Waouh ! Alors dans ces conditions, c'est une excellente chose que tu te lèves plus tôt.

Un peu plus tard dans la matinée, emmitouflée dans une grosse veste en laine beige, car l'automne se trouvait légèrement en avance, Lena parcourait le jardin.

La pelouse devant la maison méritait d'être tondue. La jeune femme imaginait déjà toutes les plantations possibles dans cet immense espace, elle qui ne disposait autrefois que d'un petit balcon, où quelques bacs en plastique se battaient en duel. Elle se demanda si elle devait faire appel à un jardinier paysagiste et surtout, combien cela pouvait coûter.

Si cette demeure avait été classée, elle n'aurait pas pu faire ce qu'elle voulait, heureusement, ce n'était pas le cas. C'était tout de même étonnant. Bien que le manoir ne possède pas une architecture particulièrement exceptionnelle, il restait quand même d'époque et l'intérieur aussi. Mais apparemment, tante Éléonore ne s'était jamais souciée d'obtenir des subventions pour l'aider à entretenir le domaine, la fortune léguée par ses parents étant assez considérable. La vieille dame, qui n'avait sans doute jamais travaillé de sa vie, n'avait pas pour autant vécu dans le besoin. Elle avait même laissé à sa nièce une somme conséquente, sans laquelle Lena aurait eu beaucoup de mal à s'occuper du château.

La jeune femme soupira. Elle connaissait si peu de sa pauvre tante, pourtant celle-ci lui avait offert un cadeau inestimable à ses yeux.

Bien, songea-t-elle, chaque chose en son temps ! *La priorité, c'est d'abord nos chambres d'hôtes, le jardin peut attendre.*

Elle se retourna et marcha d'un bon pas vers la maison, tout en examinant ses fenêtres une à une. Certaines nécessitaient d'être changées, leurs châssis étant vraiment trop abîmés, ce qui devait occasionner une perte d'énergie assez considérable.

Soudain, le cœur de Lena bondit dans sa poitrine.

Une silhouette l'observait derrière le rideau de l'une des chambres !

Lena avala difficilement sa salive. Elle continua à marcher, le souffle court, sans pouvoir détacher son regard de cette forme derrière la fenêtre.

Tout à coup, le voilage fut poussé sur le côté. Jonathan apparut alors et lui fit un grand signe de la main.

Légèrement tremblante, la jeune femme leva le bras dans sa direction.

Mon Dieu, comme je peux être sotte ! pensa-t-elle, soulagée.

Elle devait s'habituer à cet endroit. Néanmoins, Lena ne se serait jamais crue aussi... peureuse. Elle avait regardé beaucoup trop de films fantastiques.

Lorsqu'elle pénétra à l'intérieur de la maison, son mari descendait les marches de l'escalier quatre à quatre.

— Alors, cette petite promenade t'a fait du bien ! Je parie que tu envisages déjà de faire de ce jardin une minijungle !

Lena pouffa. Comme il la connaissait bien ! Peut-être trop même.

— Dis-moi, si nous allions aménager notre nouvelle chambre. La peinture est sèche maintenant et ne sent pratiquement plus.

— C'est vrai ? Oh génial ! fit Lena en battant des mains comme une enfant.

Jonathan haussa un sourcil, amusé.

— Content que cela te fasse autant plaisir ! Alors, en avant moussaillon ! ajouta-t-il en lui donnant une tape sur les fesses.

Une heure plus tard, le mobilier de leur ancienne chambre décorait la pièce nouvellement repeinte. Jonathan essayait tant bien que mal de remonter leur armoire aux lignes contemporaines.

Lena demeurait aux anges. Elle retrouvait ses chères affaires. Pleine d'entrain, elle ouvrit un des cartons dans lequel se trouvait le linge de maison du couple. Elle déballa des draps en coton teints en beige et se hâta de les disposer sur le lit d'essence identique à la penderie que Jonathan avait installé en premier. Puis elle agença enfin son boutis préféré de couleur laine naturelle et contempla le tout d'un air satisfait. Elle avait la sensation à cet instant de retrouver un peu de son ancienne vie.

— Veux-tu que je t'aide, chéri ? demanda-t-elle en se tournant vers son mari, avide de se servir de ses mains.

— Non, surtout pas ! dit celui-ci avec un sourire narquois au coin des lèvres.

— Ah, voilà bien une réponse de mec ! s'insurgea Lena, les poings sur les hanches.

— Écoute, ma chérie, c'est déjà assez difficile comme ça...

Lena souffla bruyamment et sortit de la pièce. De toute manière, elle serait bien plus utile en apportant les derniers cartons dans leur chambre.

Dans le couloir, elle rencontra monsieur Mayeur qui était parti à la recherche d'un tournevis.

— Si j'étais vous, je ne proposerais pas mon aide, mon cher mari a décidé de monter cette armoire tout seul comme un grand. Mais apparemment, ce meuble ne veut pas se laisser faire. Plus têtu qu'une mule, je vous dis !

Jacques sourit sans répondre à l'allusion et entra dans la chambre. Lorsque Lena revint quelques minutes plus tard avec un nouveau carton, les deux hommes finissaient tranquillement de visser la penderie ensemble.

La jeune femme ne fit aucune remarque, mais soupira profondément.

Jonathan vint la prendre dans ses bras.

— Finalement, j'ai eu besoin d'aide, et tu étais partie...

Lena déposa un léger baiser sur la bouche de son mari.

Ah, les hommes et leur ego ! pensa-t-elle.

Chapitre 5

Vers vingt heures ce soir-là, alors que Jonathan choisissait un livre de chevet dans la bibliothèque, Lena de son côté tentait d'allumer un feu dans l'imposante cheminée de leur nouvelle chambre.

La température avait considérablement baissé à l'extérieur. Sans être glaciale, la maison était plutôt froide.

Le bois mit du temps à partir, car Lena n'avait pas encore bien l'habitude, mais bientôt l'âtre crépitait en illuminant la pièce de reflets chatoyants. La fatigue s'abattant sur ses épaules, elle décida de s'asseoir dans un fauteuil Louis XV en hêtre recouvert d'un tissu Vichy jaune, parfaitement assorti au mobilier.

La jeune femme se rendit compte du fait qu'elle avait somnolé, à l'instant où elle se réveilla en sursaut. Elle avait rêvé que quelqu'un la bousculait pour la tirer du sommeil.

Lentement, elle posa les mains sur ses joues qu'elle sentait brûlantes, quand tout à coup, une odeur âcre lui parvint aux narines. En une fraction de seconde, elle comprit que quelque chose se consumait tout près d'elle.

D'un mouvement vif, Lena tourna la tête.

À l'autre bout de la chambre, le rideau de la fenêtre proche du lit s'enflammait.

Tétanisée, les yeux écarquillés, Lena ne bougea pas. Son cœur se mit à battre la chamade alors qu'elle se sentait incapable de faire le moindre geste, comme si son corps animé par une volonté propre refusait d'obéir à son esprit.

C'est alors que Jonathan pénétra dans la pièce. Avisant d'un coup d'œil la situation, il jeta le livre qu'il tenait et courut vers le lit. Il arracha le boutis puis les draps en coton, dont il se servit pour éteindre le feu en donnant de grandes claques au rideau. Quelques instants suffirent pour vaincre les flammes débutantes, pourtant l'odeur de fumée était déjà suffocante.

Jonathan, en sueur, ouvrit la fenêtre pour laisser entrer l'air pur de la nuit. Puis il se tourna vers sa femme. Celle-ci était encore assise, les mains crispées sur les bras du fauteuil.

Elle leva un regard hagard vers son mari.

Inquiet, il s'approcha doucement d'elle.

— Chérie, est-ce que ça va ? demanda-t-il.

Le visage blême, Lena avait du mal à articuler. Elle se sentait la bouche et la gorge sèche, mais ce n'était pas dû uniquement à la fumée qui s'estompait déjà.

— Oui... ça va.

— Mais... pourquoi n'as-tu pas essayé d'éteindre le feu ?

— Je ne sais pas !

Les yeux de la jeune femme se remplirent de larmes.

— C'était comme si... comme si on m'avait cloué sur ce fauteuil.

Soudain, Lena éclata en sanglots. Elle cacha son visage dans ses mains tremblantes.

Jonathan s'agenouilla près d'elle et la prit dans ses bras, tout en caressant ses longs cheveux mordorés.

Quelques minutes s'écoulèrent avant que la jeune femme ne se calme. Elle avoua que lorsqu'elle était petite fille, elle s'était retrouvée confrontée au feu. La cheminée familiale avait rejeté une bûche, provoquant l'embrasement du tapis non loin d'elle. Paralysé par la peur, l'enfant avait regardé les fibres de ce dernier qui se consumaient à toute vitesse, sans qu'aucun son ne parvienne à franchir le barrage de ses lèvres. Les flammes l'atteignaient au moment où ses parents entraient dans la pièce. Lena pensait avoir oublié cet épisode de sa vie. Jamais elle n'aurait cru que cela l'ait marqué à ce point. D'ailleurs, ce dont elle se souvenait le plus dans cette fâcheuse histoire, c'était l'engueulade de son père qui présumait qu'elle avait joué avec le tisonnier, ce qui était totalement faux. Par la suite, cet incident ne l'avait pas empêché d'apprécier les feux de cheminée. Voilà pourquoi aujourd'hui, elle ne comprenait pas sa réaction qui la troublait énormément. Que serait-il arrivé si Jonathan n'était pas entré dans la pièce à ce moment-là ? Elle aurait dû bouger, faire quelque chose, n'importe quoi ! Lena se sentit en colère contre elle-même.

Est-il possible d'être également lâche et stupide ? se demanda-t-elle sans compassion.

Les larmes aux yeux la jeune femme ramassa les draps noircis par le feu qui traînaient, abandonnés sur le sol et à jamais fichus. Les plus beaux, qu'elle avait acheté pour son mariage et payé une petite fortune ! Le rideau de la fenêtre était en piteux état lui aussi, mais cela lui causait moins de chagrin. Ce qui l'ennuyait le plus, c'était la somme à débourser pour le remplacer.

— Je crois que nous allons devoir passer une autre nuit dans la pièce d'à côté, soupira Jonathan en l'aidant à plier le reste de la literie.

Lena blêmit. Elle avait subitement l'impression désagréable qu'on voulait la forcer à demeurer dans la chambre bordeaux. Elle secoua la tête en fermant les yeux un instant. Il lui venait des idées tellement bizarres ces derniers temps.

— Je vais nettoyer, fit-elle d'une toute petite voix.

— Nous allons le faire ensemble, ma chérie. Ne t'inquiète pas et pense que cela aurait pu être beaucoup plus grave. Nous avons eu beaucoup de chance.

Avant que la jeune femme eût pu répondre, monsieur Mayeur pénétrait avec toute la rapidité que lui permettaient ses jambes âgées, dans la chambre du couple. Essoufflé, il leur annonça qu'il avait vu les flammes de chez lui. Jonathan lui exposa brièvement la situation. Une étincelle, selon lui, avait dû atteindre le rideau. Heureusement, il y avait eu plus de peur que de mal.

L'homme fronça les sourcils en observant d'abord la cheminée puis la fenêtre.

— C'est étonnant, dit-il, c'est la tenture la plus éloignée de l'âtre qui s'est embrasée !

Jonathan suivit le regard de l'intendant.

— Mais c'est vrai ! dut-il admettre. Cela paraît incroyable qu'une flammèche traverse le pare-feu et atterrisse sur ce rideau qui est à fort bonne distance. Totalement incroyable même !

Il réfléchit un instant puis se tourna vers Lena.

— As-tu agité quelque chose devant l'âtre, ce qui aurait pu faire s'envoler une petite étincelle par exemple ?

Le cœur de Lena se serra. Une fois encore, on l'accusait d'avoir provoqué cet incendie.

— Non! répondit-elle en secouant la tête. Je suis certaine que non.

Elle marqua une pause et prit un ton contrit.

— En fait, je n'ai pas bougé de mon fauteuil. Je crois... je crois bien que je me suis endormie.

— Ne vous inquiétez pas, cette vieille maison est pleine de courants d'air, intervint Jacques Mayeur d'une voix qui se voulait rassurante. Quelquefois les choses ne s'expliquent tout simplement pas.

Il se tourna vers Jonathan et posa une main sur son épaule.

— Mieux vaut ne pas chercher le pourquoi du comment, mais plutôt remercier le ciel que cela ne fut pas plus grave.

Puis Jacques sortit de la pièce. Sur le seuil, il se retourna pour jeter un dernier coup d'œil circulaire dans la chambre.

— Vous devriez aller vous coucher tous les deux. Nous aurons le temps de nettoyer tout ça demain.

Jonathan approuva de la tête.

— Monsieur Mayeur a raison, ma chérie, je vais éteindre le feu dans la cheminée. Toi, va t'allonger.

— Non, je préfère t'attendre, répondit Lena d'une toute petite voix.

Plus tard dans la soirée, Lena et Jonathan étaient étendus côte à côte, dans le grand lit froid de la chambre bordeaux. Ils tenaient chacun un livre dans leurs mains, seulement la jeune femme avait bien du mal à se concentrer sur sa lecture. Elle se sentait mal à l'aise, énervée. Elle n'aimait pas ce lit, qui n'était pas le sien et l'agaçait profondément. En même temps, elle s'en voulait de telles pensées, quand beaucoup de pauvres gens ne possédaient même pas un endroit confortable où passer la nuit.

Mon Dieu, comment pourrais-je me plaindre ? se dit-elle. *Ce matelas est un peu dur, mais je suis au chaud avec mon mari auprès de moi.*

Elle se colla contre son bien-aimé. Celui-ci lui sourit et l'entoura de son bras libre.

Lorsque Lena ouvrit les yeux, la pénombre régnait dans la chambre. Jonathan était tourné de son côté. Elle supposa qu'elle s'était endormie, et que son époux avait éteint la lumière et posé son bouquin sur la table de chevet, car elle ne se souvenait pas de l'avoir fait. Quelle heure pouvait-il bien être ?

Lena voulut se redresser. Son cœur manqua un battement.

Devant le lit, il y avait un homme.

La jeune femme sentit un froid glacé l'envahir tout d'un coup. Elle tenta de crier, mais encore une fois aucun son ne sortit de sa gorge. Les membres de Lena, tétanisés, devenaient douloureux. Mais elle ne pouvait que fixer cette silhouette immobile.

Au bout de ce qui lui parut une éternité, en fait quelques secondes, l'ombre tourna la tête en direction de Jonathan.

Les pensées de Lena s'affolèrent. Son cœur menaçait d'exploser dans sa poitrine. Que comptait-il faire à son mari ?

Soudain, l'homme disparut.

La jeune femme, qui ne l'avait pourtant pas quitté des yeux, resta terrorisée. Sans cesser de regarder l'emplacement où se trouvait la silhouette une fraction de seconde au préalable, elle sortit tout doucement son bras tremblant de sous la couverture et tenta de secouer son conjoint afin de le réveiller.

À sa grande surprise, Jonathan, dont le sommeil était fort lourd, se retourna aussitôt les paupières grandes ouvertes, ce qui ne manqua pas de faire sursauter Lena.

— Qu'est-ce qu'il y a, chérie ? demanda-t-il d'une voix étrangement claire pour quelqu'un qui dormait profondément une seconde auparavant.

— Là... de... devant le lit, bafouilla Lena en fixant son époux, dont elle distinguait mal les traits dans la pénombre.

Jonathan tourna lentement la tête dans la direction indiquée par sa compagne, puis la regarda à nouveau sans mot dire.

— Il y avait un homme ! continua Lena qui se sentait vraiment mal à l'aise.

— Tu as certainement rêvé, ma chérie ! rétorqua Jonathan, avant de caresser l'ovale du visage de la jeune femme.

— Je t'assure que...

Il posa un doigt sur la bouche de sa bien-aimée l'obligeant ainsi à se taire.

— Chuut ! fit-il avant de l'embrasser avec douceur.

Lentement, il déboutonna la veste de pyjama en satin rose de Lena et effleura la poitrine ferme et pleine de Lena.

Troublée, celle-ci sentit peu à peu la peur céder la place au désir. Son mari continuait de l'étreindre avec une délicatesse inouïe, un peu comme s'il découvrait le corps de la jeune femme pour la première fois. Lena en avait les larmes aux yeux. Depuis combien de temps ne l'avait-il pas touché ainsi ? Elle ne s'en souvenait guère.

Certes, leurs relations physiques restaient constantes, mais le fait de vouloir un bébé occupait tellement leurs esprits, que la qualité de leurs rapports s'en était cruellement ressentie. Le couple bâclait les préliminaires, quand il y en avait. Seul comptait l'acte en lui-même. La meilleure position, le meilleur moment.

Là, c'était magique, comme au début de leur mariage, quand ils faisaient l'amour uniquement pour le plaisir.

Les sens de Lena paraissaient décuplés, comme si sa peau, en manque depuis si longtemps, réagissait au quart de tour, se réveillant sous les mains expertes de son époux.

Lena s'enhardit peu à peu et embrassa Jonathan à pleine bouche avant de lui prodiguer, elle aussi, des caresses bien méritées. Lorsqu'il la pénétra, ce fut comme une explosion à l'intérieur de son corps, un chavirement de tout son être. Jamais elle n'avait ressenti tant de plaisir. Elle aurait voulu se fondre en lui au fur et à mesure de ses va-et-vient. À aucun moment, son amour pour son époux ne lui avait paru si fort et elle le lui avoua en haletant.

— Je vous aime, lui répondit-il d'une voix rauque.

C'est à ce moment précis qu'ils atteignirent, à l'unisson, la délivrance suprême.

Quelques minutes plus tard, alors qu'ils étaient allongés l'un près de l'autre, Jonathan se tourna vers sa compagne en souriant.

— Merci !

La jeune femme déposa un baiser sur ses lèvres.

— Merci à toi aussi, mon chéri.

Le jour se levait à peine, mais Lena pouvait distinguer les traits de son mari dans la douce lumière de l'aube, qui filtrait à travers les persiennes.

L'espace d'un instant, le regard de son époux lui parut presque... différent, plus sombre. Puis Jonathan enfouit sa tête contre son épaule, comme il avait l'habitude de le faire si souvent et s'endormit aussitôt.

Chapitre 6

Lorsque Lena descendit préparer le petit-déjeuner, elle se sentait des ailes. Après avoir mis en route le café, elle beurra des tartines, fit réchauffer des croissants.

La cuisine sentait merveilleusement bon, lorsque Jonathan fit son entrée.

Lena sauta dans les bras de son mari, mais à sa grande surprise, il la repoussa doucement.

— Tu as de l'aspirine, chérie, j'ai un mal de crâne à me taper la tête contre les murs.

— Bien sûr, répondit Lena sur un ton légèrement déçu, en se dirigeant vers le placard où elle avait rangé le médicament.

Jonathan se laissa tomber sur une chaise et posa les coudes sur la table pour se masser les tempes.

Lena l'observa du coin de l'œil tout en lui préparant son remède.

Que les hommes sont bizarres, pensa-t-elle, si forts et si faibles à la fois !

Elle apporta le verre qui contenait le breuvage magique à son mari.

— Merci, je ne sais pas ce que j'ai ce matin ! J'ai l'impression d'avoir la gueule de bois. Trop d'exercices physiques cette nuit sans doute !

Jonathan tenta un sourire.

— C'était bien, non ? fit-il en quêtant l'approbation de sa femme dans son regard vert absinthe.

Cette dernière haussa un sourcil étonné et s'assit en face de lui avec un air mutin.

— C'était plus que bien !

Il avala la moitié de son aspirine.

— C'est drôle, c'était comme... comme dans un rêve.

Lena plissa les paupières en se demandant ce que voulait dire son mari.

— Tu me semblais bien réveillé, pourtant ! ironisa-t-elle.

Jonathan absorba le reste du médicament avec une grimace. Puis il fit un large sourire à sa femme.

— Je t'aime, Lena.

Les larmes aux yeux, elle prit sa main par-dessus la table et la serra contre sa joue.

— Je t'aime aussi, mon amour.

— Je crois que le café est prêt, fit Jonathan, une bonne tasse me ferait le plus grand bien.

Lena sourit, puis se leva pour le servir.

Jonathan la regarda faire. Hormis son mal de tête, il éprouvait une sensation bizarre. Cette nuit lui avait paru si... irréelle. Il ne savait comment l'expliquer, mais lorsqu'ils avaient fait l'amour, cela lui semblait étrange. Il se sentait comme détaché de son corps, sans la maîtrise de ses gestes.

Ridicule ! se sermonna-t-il, en trempant les lèvres dans son café.

Lorsque Jonathan et Jacques Mayeur eurent ôté les rideaux et nettoyé le sol, ainsi que le mur et la vitre de la fenêtre, il ne restait plus aucune trace du sinistre de la veille.

Lena avait remplacé les draps ayant servi à éteindre le feu et étendu un nouveau couvre-lit. Tout se trouvait à sa place. Ce soir, elle pourrait enfin dormir dans sa jolie chambre. Bien que la nuit dernière se soit révélée intense en émotions sensuelles, Lena ne voulait en aucun cas demeurer dans la pièce couleur bordeaux. Elle n'avait pas reparlé à Jonathan de sa vision. D'ailleurs, s'agissait-il vraiment de cela ? N'avait-elle pas rêvé tout simplement, comme le lui avait suggéré son mari quelques instants avant de lui faire l'amour...

En plein jour évidemment, tout prenait une autre dimension et semblait même si ridicule parfois. Lena ne s'était jamais sentie aussi à fleur de peau, et cela l'agaçait profondément. D'habitude si pragmatique, sans émotivité exacerbée, elle avait l'impression que l'atmosphère de la maison la transformait. Elle sursautait au moindre craquement de la vieille demeure. Pour Lena, cette situation devenait intolérable. Il était grand temps de se ressaisir et de refouler au plus profond d'elle-même cette petite voix qui lui susurrait que non, elle n'avait pas rêvé.

Je crois que j'ai vu trop de films de science-fiction, cela me monte au cerveau, se dit-elle.

— Bon ! s'exclama-t-elle en frottant ses mains l'une contre l'autre. Si je veux transformer cette baraque en jolie maison d'hôtes, autant s'atteler tout de suite à la tâche.

La jeune femme sursauta lorsque la voix de son mari résonna derrière elle.

— À qui parles-tu ? demanda-t-il, sa haute silhouette se détachant sur le seuil de la porte.

— À personne ! En fait, je me fais des recommandations à moi-même, répondit-elle en souriant, les mains sur les hanches.

Jonathan leva un sourcil ironique

— Je vois... Eh bien, cette chambre a repris un aspect accueillant. Tâche de ne pas la faire cramer cette fois !

Lena fit mine de le gifler.

— Très malin, chéri !

Une lueur pétillante dans son regard noisette, Jonathan s'esclaffa.

— J'avoue que je ne suis pas mécontent de retrouver mon propre lit. L'atmosphère de la pièce bordeaux est... comment dirais-je... pesante. Peut-être est-ce dû à cette déco ancienne ! Qu'en penses-tu ?

Lena fixa son mari. Elle n'aurait jamais cru qu'il ressentait une telle sensation. Il ne semblait pas le moins du monde perturbé par cette pièce.

— Pourtant, à peine posais-tu la tête sur l'oreiller que tu dormais déjà !

Le jeune homme haussa les épaules.

— Cela ne m'empêche pas de préférer mon lit. D'ailleurs, je vais t'avouer quelque chose...

Il scruta autour de lui avant de poursuivre.

— Par moments, cette maison me donne la chair de poule.

Le regard doux de Jonathan se dirigea vers sa femme dont il caressa le visage.

— Mais pour toi, je m'y habituerai, ajouta-t-il en se penchant pour déposer un léger baiser sur les lèvres de Lena.

Cette dernière tenta de reprendre ses esprits une fois son mari sorti. Ainsi, lui aussi éprouvait un certain malaise dans ce manoir. D'un côté, cela la rassurait de savoir qu'elle n'était pas la seule dans ce cas, elle se trouvait moins bête, mais de l'autre...

Enfin, n'était-il pas normal après tout, de ressentir ce genre de sensations dans une demeure vieille de plusieurs siècles qui avait connu maintes générations ? Des hommes, des femmes et des enfants ayant vécu une existence heureuse ou pas...

Subitement, Lena éprouva l'envie de découvrir l'histoire des précédents occupants de cet endroit. Étant donné que le manoir était resté dans la même famille depuis sa construction, cela serait facile de retrouver ses ancêtres.

Mue par une volonté soudaine, Lena se précipita en dehors de la chambre, descendit l'escalier en courant et entra en trombe dans la bibliothèque.

— Je suis certaine que ce lieu cache énormément de secrets, dit Lena à voix haute, mais tout d'abord il nous faut un peu d'air frais.

La jeune femme se dirigea vers les lourds rideaux de velours bordeaux pour les tirer en se demandant qui avait bien pu les refermer, car elle ne se rappelait pas l'avoir fait lors de sa dernière visite dans cette pièce. Une fois les tentures dégagées, le soleil fit une apparition fracassante dans la bibliothèque. Elle donna du large aux portes-fenêtres qui grincèrent avec force sur leurs gonds. Lena se tourna ensuite vers l'un des rayonnages couverts de livres anciens, celui situé le plus près d'elle. Il fallait bien commencer quelque part. Elle déverrouilla la vitrine à l'aide de la clef se trouvant sur la serrure. Aussitôt, une odeur particulière aux vieux ouvrages fermés depuis des lustres monta à ses narines.

Ciel ! Depuis combien de temps n'a-t-on pas fait le ménage ici ? pensa Lena en retroussant son petit nez.

Rapidement, elle nota qu'il n'y avait que des livres, de forts beaux écrits d'auteurs classiques. Elle recherchait avant tout un album de famille. Dans toute maison digne de ce nom, on en trouvait un.

Elle ouvrit la seconde étagère et poursuivit son inspection. Parfois, elle haussait les sourcils, car certains livres lui donnaient envie de les sortir pour les dévorer. Mais elle se retenait, ayant tout le temps pour cela. Elle continua avec chacune des autres vitrines. À la cinquième, elle tomba dessus.

Un album vieux et épais avec sa reliure en cuir et sa couverture d'un brun délavé.

Lena soupira d'aise. Elle prit avec précaution l'ouvrage, puis s'installa dans le fauteuil empire en acajou sombre qui se trouvait devant le bureau, face au jardin. C'est avec émotion que la jeune femme ouvrit avec circonspection le précieux recueil. Elle pénétrait dans l'univers jusqu'à présent inconnu, d'individus qui faisaient pourtant partie intégrante de l'histoire familiale.

Un vieux cliché apparut, datant de 1880, comme l'indiquait l'écriture appliquée que l'on pouvait déchiffrer en dessous de l'image. Typique de ces années-là, c'était une photo de mariage en noir et blanc. Lena reconnut sur-le-champ la personne assise au premier plan. C'était la femme du portrait qui se trouvait dans la chambre rose. Tout s'expliquait alors. La tante Éléonore n'avait pas fait exécuter en douce un profil de sa nièce. En fait, cette dernière ressemblait trait pour trait à son ancêtre.

L'idée rendait Lena assez nerveuse.

Elle fixa le visage de cette femme et se demanda comment une telle similitude se révélait possible. Puis son attention glissa vers l'homme qui se trouvait debout derrière la chaise, la main posée sur le dossier.

Sur le coup, le sang de Lena se glaça dans ses veines.

C'est absurde ! pensa-t-elle sans pouvoir détacher ses yeux de la physionomie à jamais figée de ce monsieur.

Le regard sombre, les pommettes saillantes, les traits anguleux, la moustache imposante lissée à la mode de l'époque, les cheveux gominés, coiffés vers l'arrière, le teint ivoirin.

C'était lui !

L'homme apparu cette nuit.

— Tu débloques, ma pauvre ! fit Lena à voix haute en refermant brusquement l'album.

Soudain, elle n'avait plus envie d'en savoir plus.

Lena se leva et sortit dans le jardin. Que lui arrivait-il ? Elle réfléchit à toute vitesse. Cet homme, elle l'avait forcément vu sur un des portraits accrochés un peu partout dans la demeure. Elle n'y avait pas prêté attention sur le moment. Voilà, c'était aussi simple que cela. L'image de ce personnage était restée gravée dans sa mémoire, puis lui était apparue dans son sommeil. C'était la seule explication ! Le subconscient joue parfois de curieux tours à notre esprit.

Rassurée, Lena sourit en regardant le paysage alentour. C'était si beau, si paisible. Midi sonnerait bientôt et contrairement aux matinées et soirées, la chaleur régnait en cette fin septembre. La jeune femme se passa la main sur le front pour évacuer les gouttelettes de transpiration.

Une piscine serait parfaite à cet endroit ! se dit-elle en contemplant la grande étendue de gazon devant elle.

Lena songea à préparer le déjeuner et rentra dans la bibliothèque. Sur le seuil de la porte-fenêtre, elle se figea.

Là, sur le bureau, l'album de famille était ouvert à la première page.

Une sueur froide coula lentement le long de la colonne vertébrale de Lena. Elle jeta un œil sur le vantail, qui était clos. Personne n'était entré apparemment. Pourtant, elle était convaincue d'avoir fermé le recueil.

La jeune femme se fit violence pour traverser la pièce.

Était-elle en train de devenir folle ? Avait-elle laissé l'album ouvert sans s'en rendre compte ?

Un rire nerveux la secoua.

Elle se dirigea vers le bureau. Au moment où elle tendait la main sur le carnet pour rabattre la couverture, ses yeux plongèrent dans ceux de l'individu sur la photographie. Une impression de profonde tristesse s'empara aussitôt de Lena. C'était le jour de ses noces et ce monsieur n'avait pas l'air heureux. Lena détacha son regard de l'homme pour le poser sur celui de son épouse. Elle ressentit de la colère, presque de la haine. Cette dame d'un siècle passé ne voulait pas de cette union...

Un mariage forcé, songea Lena, *comme beaucoup à cette époque !*

Elle rabattit la couverture de l'album. Malgré une forte envie de feuilleter d'autres pages, la jeune femme résista. Elle se sentait ébranlée au plus profond de son être. Comme si on lui avait révélé une vérité sur son moi intérieur, cette capacité à capter les émotions éprouvées par d'autres.

Lentement, Lena sortit de la pièce. Elle referma doucement la porte et se dirigea vers la cuisine pour préparer le repas.

Chapitre 7

— J'ai envie de faire un tour cet après-midi ! déclara Lena sur un ton qui n'admettait aucune réplique.

— Ah bon ! Où ça ? demanda Jonathan après avoir avalé un morceau de viande.

— Au village ! Nous n'y sommes passés qu'en coup de vent, on ne sait même pas à quoi il ressemble.

— Il n'y a pas grand-chose à voir, fit monsieur Mayeur, assis à côté d'elle.

— Peut-être, mais ce serait l'occasion de me présenter aux habitants. Je me rendrai à la petite supérette. Je ne voudrais pas qu'ils pensent que nous les snobons. Les gens sont toujours prompts à s'emballer dans ces villages.

Elle ne croit pas si bien dire ! songea Jacques avant d'ajouter à voix haute :

— N'en attendez pas trop, tout de même. Le sang neuf les effraie bien souvent.

Il repoussa son assiette vide.

— Délicieux, ce repas, ma chère.

— Merci, fit Lena, un verre d'eau à la main. Mais... je ne suis pas tout à fait une étrangère. Éléonore Roséne était ma tante, après tout.

— Raison de plus, fit Jacques de façon laconique, avant de se lever de table. Je vais de ce pas m'allonger un petit moment chez moi. La vieillesse est terrible, elle change les habitudes de toute une vie. Autrefois, la sieste était pour moi une perte de temps, j'en éprouve maintenant un besoin impératif. À tout à l'heure, ajouta-t-il, en tapotant l'épaule de la jeune femme.

En lui souriant, Lena le regarda quitter la pièce de son pas lourd. La remarque de l'intendant l'intriguait, toutefois, elle ne voulait pas l'ennuyer avec des questions auxquelles il n'avait pas forcément envie de répondre.

En début d'après-midi, Lena monta dans sa Ford de couleur gris métallisé pour prendre la route qui sortait du domaine. La jeune femme jeta un œil dans son rétroviseur. En s'éloignant du manoir, elle éprouva alors un pincement au cœur. Que cette demeure était donc belle ! Étrange, certes, mais si jolie !

Lorsque Lena arriva au village, elle n'eut pas de peine à se garer juste devant l'épicerie, ce qui la changeait de Nice, où il était difficile de caser sa voiture.

Le hameau, typiquement méditerranéen, semblait encore endormi. Il y avait une mignonne fontaine non loin de la place et le jeu de boules, où quelques chaises traînaient, attendait la venue des habitués. Ceux-ci sortiraient plus tard dans l'après-midi, quand l'air se fait plus doux. La chaleur demeurait étouffante à cette heure. Étant donné qu'il n'y avait pas une âme dans les rues, le silence était presque impressionnant. Les volets en bois d'un coloris vert passé des petites maisons de pierres communes à la région, étaient pour la plupart clos. Il n'y avait pas beaucoup de magasins, juste une épicerie où l'on pouvait acheter du pain, une pharmacie, un boucher. Et au bord de la route principale, placé de façon à ce qu'on ne puisse pas le rater en passant, un superbe restaurant.

Lena regarda l'heure. Presque quinze heures.

— J'espère que c'est ouvert, dit-elle en sortant de son véhicule.

C'était bien le cas. Une cloche sonna, annonçant la venue de la jeune femme. La boutique comportait un coin épicerie, un coin légumes, un autre réfrigéré et derrière le comptoir, une étagère sur laquelle étaient disposées les baguettes de pain. L'endroit était propre et accueillant, ce que ne laissait pas prévoir la façade usée à l'extérieur.

Lena était agréablement surprise. Certes, cela ne ressemblait pas aux grandes surfaces dont elle avait l'habitude, mais elle était rassurée de ne pas trouver une couche de poussière repoussante sur les boîtes de conserve.

Au bout de quelques instants, une voix féminine pleine d'entrain annonça son arrivée. Peu après, une femme d'environ une quarantaine d'années apparut sur le seuil de l'arrière-boutique en s'essuyant les mains sur un torchon à carreaux. Elle possédait des cheveux auburn flamboyant, un regard noisette dans un visage jovial et bon enfant au teint clair parsemé de taches de rousseur, et portait une robe à bretelles en coton beige qui dissimulait mal un léger embonpoint.

S'attendant à découvrir une petite vieille revêche qui l'aurait toisé avec circonspection, Lena fut rassurée.

— Bonjour, s'exclama l'épicière. Vous êtes de passage ?

— Euh non ! En fait... j'ai hérité du manoir de ma tante et maintenant, j'y habite avec mon mari.

— Oh, c'est donc vous ! fit la dame qui leva les bras en l'air. Je suis ravie de vous rencontrer. Justement, je parlais de vous pas plus tard qu'hier, avec mon cher et tendre. J'avais hâte de faire votre connaissance. Un peu de sang neuf dans notre petit village, cela va nous faire du bien !

Lena, souriante, haussa les sourcils. Depuis combien de temps monsieur Mayeur n'était-il pas descendu ici ? Cette femme semblait enchantée de la voir, tout le contraire de ce qu'avait prétendu l'intendant.

— Alors, comme ça, vous venez vous installer chez nous avec votre mari ! Au village, nous avons eu peur que des Anglais achètent le manoir. Je dis des Anglais parce qu'ils acquièrent beaucoup de belles maisons en France ces derniers temps. Mais, en fait, je n'ai rien contre eux. D'ailleurs, ils ne sont pas les seuls, il y a aussi des Américains. Enfin, nous aimerions bien que notre patrimoine reste un peu aux mains des Français...

Sur ces bonnes paroles, elle se mit à rire, une gaieté communicative qui entraîna Lena dans son sillage. Ce flot de paroles débité à toute vitesse par la joyeuse épicière l'amusait.

Et ce n'était pas fini !

— Vous avez des enfants ?

— Euh non ! Euh...

— Oh, vous en aurez bientôt ! Moi-même, j'ai deux fils. Ils ne sont pas ici, ils sont partis étudier à Nice ! Mon mari tient le restaurant qui se trouve au coin de la rue. Vous avez dû le voir, on ne peut pas le louper !

Et rire de plus belle ! Toutes les paroles de la commerçante étaient accompagnées de mouvements de ses mains, révélant le comportement méditerranéen dans toute sa splendeur. Lena se demanda furtivement si cette dame n'était pas d'origine italienne.

Déjà, l'épicière recommençait à parler.

C'est alors que Lena eut la sensation étrange et déplaisante d'être épiée. Elle tourna la tête et distingua dans l'encadrement de la porte de l'arrière-boutique, une bonne femme d'un certain âge qui la fixait.

La commerçante suivit le regard de Lena et se retourna.

— Oh, voici ma grand-mère, Maria ! Elle a plus de quatre-vingt-dix ans, vous savez, ajouta-t-elle sur le ton de la confidence. Mamie, c'est la nièce de madame Roséne.

— Je sais qui elle est...

La voix était sèche, acerbe.

Lena ne pouvait détacher son regard de la vieille femme. Brusquement, elle se sentit mal à l'aise. De toute évidence, cette dernière ne semblait pas aussi accueillante que sa petite-fille.

— Vous êtes son portrait craché, continua la dame âgée sur un ton plus mystérieux.

La commerçante considéra Lena, puis sa grand-mère.

— Ah bon ! Je ne trouve pas qu'elle ressemble tant que cela à madame Roséne.

— Oh, tais-toi donc ! rétorqua l'aïeule sans même lui jeter un œil. Je ne parle pas de cette femme.

Elle avait appuyé sur le dernier mot, avec un dédain certain qui ne manqua pas d'échapper à Lena.

L'épicière soupira.

— Les joies de la vieillesse ! fit-elle en levant les yeux au ciel. Bon, que désirez-vous dans mon petit magasin ?

Lena fit un effort pour se ressaisir. Le regard perçant de l'aïeule l'ayant fait rougir malgré elle, elle se sentait gênée.

— Je voudrais du beurre et aussi... du café.

La marchande lui montra gentiment la place de chaque article. Lena acheta même d'autres choses, dont elle n'avait pas réellement besoin. Certes, elle était venue par curiosité, mais cela lui faisait plaisir de se servir dans la modeste épicerie. Par contre, la vieille dame l'agaçait au plus haut point. Elle restait là, son regard d'aigle fixé sur la jeune femme, les mains jointes posées sur sa canne pour se soutenir.

Au moment de régler, la marchande apprit à Lena qu'elle s'appelait Christelle Pamini et lui demanda d'utiliser son prénom désormais.

— Je suis Lena Deforges. Pour vous aussi, Lena, bien entendu.

— Lena ! C'est joli. Tu ne trouves pas mamie ? fit Christelle en pivotant vers sa grand-mère.

Les yeux de celle-ci la foudroyèrent.

La rousse se retourna vers sa cliente avec une grimace éloquente. Cette dernière sourit puis attrapa le sac que lui tendait la commerçante. Elle remercia chaleureusement madame Pamini, fit un signe de tête poli à l'adresse de la vieille femme qui ne lui répondit pas évidemment, et s'apprêta à sortir. Au moment où elle posait la main sur la poignée de la porte, une voix désagréable retentit dans le magasin.

— Faites bien attention, ce manoir rend fou !

— Voyons, mémé ! cria Christelle. Je vous demande de l'excuser, Lena. Je crois qu'elle ne sait plus ce qu'elle dit.

— Ce n'est rien, assura Lena sans même se retourner.

Elle sortit au plus vite. En cherchant les clefs de la voiture dans sa poche, Lena s'aperçut qu'elle tremblait légèrement. Elle se sentait plus secouée qu'elle ne voulait le reconnaître.

Quelle vieille bique ! songea-t-elle.

Alors qu'elle ouvrait la portière de la Ford, madame Pamini jaillit de la boutique.

— Je suis vraiment désolée pour ma grand-mère, cria-t-elle en se dirigeant à grands pas vers sa cliente.

— Ne vous inquiétez pas, c'est normal. Je suis nouvelle au pays ! fit Lena sur un ton volontairement enjoué, tout en s'asseyant dans la voiture.

— Oui, je sais. Mais moi, je suis tellement contente de voir d'autres têtes dans ce patelin. Avant que mon mari n'ouvre ce restaurant ici, je n'imaginais pas revenir vivre dans ce coin.

Elle soupira et regarda autour d'elle.

— La région est magnifique et très fréquentée l'été, mais le reste du temps, on se sent un peu seul. Les autres habitants sont plutôt... âgés.

— Eh bien, si vous voulez, vous pourriez me rendre visite chez moi de temps en temps, cela me ferait très plaisir.

— C'est vrai ? fit Christelle en posant une main sur son cœur. Oh, j'en serai ravie ! Et je viendrai sans ma grand-mère, c'est promis !

— J'espère bien !

Les deux femmes éclatèrent de rire.

— Oh, je pourrais vous raconter quelques anecdotes sur le manoir ! dit Christelle sur le ton de la confidence. Mais que je suis bête, fit-elle en se donnant une tape sur le front, vous devez déjà tout connaître, vous êtes de la famille !

Les mains de Lena se crispèrent sur le volant.

— À vrai dire non. Nous n'étions guère proches. Pour vous avouer la vérité, j'ai même été étonnée de recevoir ce domaine en héritage.

— Cela explique pourquoi on ne vous a jamais vu par ici. D'ailleurs, les gens pensaient que votre tante n'avait plus aucune famille vivante. En tout cas, fit madame Pamini avec un geste éloquent de la main, je vous raconterai tout ce que je sais, si cela vous intéresse bien sûr.

— Et comment ! répondit Lena qui rêvait d'en connaître plus.

Elle cherchait une façon de l'inciter à venir lui rendre visite au manoir au plus vite, car malgré elle, sa curiosité était touchée à vif. Mais elle n'eut pas à longtemps à se creuser la cervelle.

— Demain, je ne travaille pas. Je pourrai éventuellement passer pour le thé, si cela ne vous dérange pas ?

Le sans-gêne de l'épicière, qui s'invitait de manière si cavalière, aurait peut-être choqué certains, mais pas Lena qui devinait que cette femme particulièrement attachante était en manque d'amitié.

— J'en serai ravie ! Donc, je vous attends demain, vers seize heures !

— OK, à demain, fit Christelle avant de refermer la portière de la voiture de sa nouvelle copine.

Lena démarra et madame Pamini la regarda partir en agitant la main. Cette dernière était aux anges. Enfin une femme qui n'avait pas le double de son âge. Elle revint dans sa boutique, impatiente déjà d'être au lendemain.

Devant le comptoir se tenait l'aïeule.

— Alors, tu pactises avec l'ennemi, vociféra-t-elle d'une voix aigre.

Christelle secoua la tête, exaspérée.

— Fiche-moi la paix, mamie, avec tes histoires qui datent de Mathusalem. Apparemment, Lena ne connaissait pratiquement pas Éléonore Roséne.

— Et ensuite ! éructa la grand-mère. Elle est de sa famille. De la graine d'engeance. Elle a le même visage que...

— Oh, zut ! Tu m'ennuies, à la fin ! Va donc radoter dans ton coin. J'espère bien que cette femme deviendra mon amie, que tu le veuilles ou non.

Sur ces bonnes paroles, Christelle retourna dans l'arrière-boutique.

La grand-mère secoua la tête d'un air désabusé. De la mauvaise graine, cette fille n'était rien d'autre que de la mauvaise graine, comme toute cette famille...

Lorsque Lena se gara devant chez elle, son mari sortait du manoir.

— Alors, fit-il en la rejoignant. Comment s'est passée cette balade ?

Lena descendit de la voiture avec son petit sac à provisions.

— Super, je crois que je me suis fait une nouvelle amie.

— Vraiment ! fit Jonathan en levant un sourcil étonné.

— Oui, l'épicière du village. Elle s'appelle Christelle Pamini et doit avoir une quarantaine d'années. Une femme super sympa. Elle vient prendre le thé demain.

— Tiens, déjà ! constata Jonathan, amusé.

— Je crois qu'elle n'a pas beaucoup d'amis. À mon avis, la moyenne d'âge ici tourne autour de quatre-vingts ans. Son mari possède le restaurant au bord de la route.

— Ouah ! Tu en sais des choses.

— Oui, elle parle beaucoup, mais elle est adorable. Par contre, sa grand-mère est odieuse. Elle m'a abordé de façon peu aimable, ajouta Lena en montant les marches qui menaient à l'entrée de la maison.

— Qu'est-ce qu'elle t'a raconté ?

Avec un grand sourire, Lena s'arrêta et se retourna vers son mari.

— Que le manoir rendait fou !

Jonathan resta interloqué.

— Charmant ! fit-il au bout de quelques secondes.

Lena ricana, avant de pousser la lourde porte de chêne massif.

— Monsieur Mayeur m'avait prévenu que certaines personnes ne m'aimeraient pas. Pourtant, ils devraient se réjouir que la demeure ne soit pas passée aux mains d'étrangers. C'est exactement ce que m'a dit Christelle, d'ailleurs.

— Ah, les femmes ! Je parierai que tu sais combien elle a d'enfants.

— Deux ! triompha Lena, amusée, tout en se dirigeant vers la cuisine. Elle a deux fils et ils font leurs études à Nice.

Jonathan leva les bras au ciel.

— C'est bien ce que je disais ! Ah, les femmes...

Le reste de la journée se passa tranquillement. Lena décida de noter dans un petit carnet, ce qu'il fallait changer ou améliorer dans les futures chambres d'hôtes. Elle se rendait de l'une à l'autre, constatant avec ravissement que leur mobilier était en parfait état, n'ayant certainement jamais bougé de la maison. Chaque pièce possédait un lit à baldaquin, une armoire massive en bois clair ou une bonnetière, et une coiffeuse ou un secrétaire accompagné de sa chaise. Lena aimait particulièrement l'une de ces chambres. Un endroit baigné de lumière grâce à deux bow-windows. Celle dans laquelle se trouvaient le berceau et le tableau de cette ancêtre inconnue, qui lui ressemblait tant. Elle s'assit un instant dans un fauteuil face à la vue sur le jardin.

C'était magique !

Le soleil inondait le lieu et la jeune femme sentit une douce chaleur l'envahir peu à peu. À qui pouvait appartenir cette chambre ? Ce n'était pas celle de tante Éléonore. De toute manière, cette dernière n'avait jamais eu d'enfants. Néanmoins, peut-être qu'à une autre époque des bambins couraient partout dans cette maison...

Lena aurait aimé se projeter dans le passé, ne serait-ce que quelques minutes, pour connaître la vie d'antan, les personnes qui avaient vécu dans cette demeure, la peuplant de leurs rires ou de leurs pleurs parfois. Si tant est que l'on puisse être malheureux dans un pareil endroit.

Les larmes montèrent aux yeux de Lena. Elle était chez elle, dans sa maison. Cela devait être écrit. Elle appartenait à cet endroit, plus que ce dernier lui appartenait.

La jeune femme se frotta les paupières. Pourquoi sombrait-elle dans ce sentimentalisme puéril ? Si son mari la voyait, il se moquerait sûrement d'elle. Mais alors qu'elle se levait, une impression de malaise la reprit soudain.

Elle tourna vivement la tête, mais il n'y avait personne.

Si seulement je pouvais me débarrasser de ces crises d'angoisses ! se dit Lena en quittant rapidement la pièce.

Ce soir-là, le couple s'installa dans le salon devant un agréable feu de cheminée. Les veillées se rafraîchissaient de plus en plus, et le froid envahissait vite cette maison tellement vaste. Il était encore trop tôt évidemment pour mettre le chauffage en route, mais l'âtre restait un bon compromis et détenait le mérite d'être terriblement romantique. Sur une couverture en fausse fourrure trouvée dans un placard, un verre de bordeaux à la main, cela devenait pour le tandem un avant-goût du paradis. Ils demeurèrent un moment sans parler, à contempler les flammes.

Puis Lena avala une gorgée de sa coupe et regarda son mari.

— Est-ce que tu crois que nous serons heureux dans cette maison ?

Jonathan prit les doigts de sa femme et les porta à ses lèvres.

— Il faut du temps pour s'habituer à un endroit, pour qu'il devienne vraiment son petit nid d'amour. Surtout dans un logis aussi imposant que celui-là. Mais nous y arriverons. J'en suis certain.

Lena déposa un baiser sur sa joue.

— Merci, j'avais tellement peur que tu détestes cette maison.

— Ne t'inquiète pas, ma chérie. Mais, tu sais, je n'ai jamais vécu dans un lieu si... vaste.

— Moi non plus, je te rassure.

La jeune femme regarda autour d'elle.

— Quelquefois, cela m'impressionne.

Jonathan émit un petit rire.

— Là, je te comprends ! Tous ces craquements. On dirait que la maison est en perpétuel mouvement. Et à l'occasion, je me sens comme... observé, mais mon côté rationnel reprend vite le dessus.

Lena le regarda, l'air ahuri. Ainsi donc...

— Je plaisante ! s'exclama Jonathan en voyant la tête de sa femme.

— Tu n'es pas drôle du tout !

Jonathan attira Lena contre lui.

— Je crois que mon humour tombe à plat, parce que tu es beaucoup trop fatiguée.

Lena soupira et se blottit contre son mari. C'est vrai qu'elle était épuisée.

La chaleur du moment, les bras réconfortants de son époux était si agréable que son corps se laissa entraîner dans une douce torpeur. Quelques instants plus tard, elle sombrait dans le sommeil.

Au bout d'un moment, Jonathan s'aperçut que sa femme s'était assoupie. Il caressa ses longues boucles. Comme il l'aimait ! Que n'aurait-il pas fait pour elle ?

Vivre par exemple dans une maison où il se sentait mal à l'aise...

Chapitre 8

Le lendemain, à seize heures pétantes, Christelle Pamini s'engageait dans l'allée qui menait au manoir au volant de sa petite Austin blanche toute cabossée. La jeune femme était très excitée à l'idée de pénétrer dans cet endroit. Elle vouait une reconnaissance sans bornes à Lena, qui l'avait gentiment invitée à boire une tasse de thé. Évidemment, Lena semblait humble au premier abord, mais elle était tout de même l'héritière de cette bâtisse. Malgré tout ce qu'on en disait, sa famille c'était quelque chose. Christelle ne put s'empêcher de penser à sa grand-mère, car juste avant de partir, cette dernière l'avait mise en garde de façon véhémente.

— Ne va pas là-bas ! Cette famille est maudite de génération en génération. Ce n'est pas bon pour toi de fréquenter cette fille.

Christelle lui avait ri au nez. Non seulement elle ne croyait pas à toutes ses sornettes, mais de plus elle s'en moquait comme de l'an quarante.

Quand la jeune femme sortit de la voiture, Lena apparut sur le seuil de l'entrée. Toute souriante, celle-ci vint au-devant de Christelle Pamini. Elle avait entendu la commerçante arriver et cela l'avait amusé de constater qu'elle était pile à l'heure.

Cette dernière ouvrit la portière du côté passager, pour se saisir d'un gros paquet carré qui semblait contenir un gâteau. Elle la referma avec le pied et se dirigea ensuite vers Lena.

— Comme je suis contente de vous voir ! Voilà, c'est pour vous ! ajouta-t-elle en tendant la boîte à la jeune femme qui la prit avec précaution.

— C'est un fraisier ! Vous m'en direz des nouvelles ! Il vient du restaurant de mon mari, précisa-t-elle avec un air de conspiratrice.

— C'est vraiment gentil à vous, mais il ne fallait pas, fit Lena, amusée et touchée à la fois. Entrez ! Si vous êtes d'accord, nous prendrons le thé dans le jardin derrière la maison. Il y fait tellement bon.

— Oh oui, vous avez raison, mieux vaut profiter du beau temps au maximum ! Bientôt l'hiver viendra. Je déteste cette saison ! Pas vous ? Oh, c'est superbe chez vous ! s'écria-t-elle d'un air extasié, à peine le pas de la porte franchi.

— Merci. J'ai gardé presque tout le mobilier de ma tante. J'ai juste ajouté quelques touches personnelles, deux ou trois meubles contemporains. À vrai dire, je ne me sens pas encore tout à fait chez moi, mais... cela viendra.

— Oh, c'est normal ! Il faut du temps quand on déménage. À l'époque où nous sommes revenus dans la région avec mon mari, j'ai eu beaucoup de mal à me réhabituer. Après l'effervescence de la ville, tout ce calme m'effrayait presque. Pourtant, j'ai grandi dans ce village. Alors, je comprends tout à fait que pour vous ce ne soit pas facile.

Lena regarda la jeune femme en souriant. Au fond d'elle-même, elle sentait que cette femme deviendrait une véritable amie et cela la rassurait. Car en décidant de déménager, elle se doutait bien que d'un point de vue social tout serait plus difficile. Deux de ses copines, de farouches citadines, l'avaient tout de suite prévenu que ce serait pénible pour elles de venir lui rendre visite aussi souvent qu'avant. Si Lena était partie à l'autre bout du pays, cela aurait été pareil. Pour l'instant, une seule lui avait donné de ses nouvelles, affirmant qu'elle passerait quand Lena et son mari seraient bien installés.

En attendant, elle fit faire à Christelle Pamini le tour du rez-de-chaussée. Puis elles se rendirent dans le jardin. Lena avait dressé le couvert pour le thé, sur une petite table ronde en fer forgé, un peu vétuste, mais dont l'élégance des pieds à volutes restait agréable à l'œil. Le tout était implanté dans un coin ombragé qui offrait une vue magnifique sur le parc.

Les deux femmes prirent place sur leurs sièges à l'allure romantique.

Lena servit le breuvage encore bouillant. Ne connaissant pas les goûts en la matière de l'épicière, elle l'avait choisi nature.

— Cette demeure est splendide ! C'est merveilleux de ne pas avoir renoncé à tous ces trésors familiaux, et surtout de ne pas s'être effrayé à l'idée de vivre dans ce trou perdu.

Lena posa la théière en porcelaine, puis entreprit de déballer le gâteau.

— Oh, vous savez, la décision n'a pas été facile ! Des jours durant, nous avons pesé le pour et le contre, mais c'est comme si... comme si cette maison m'attendait ! C'est idiot, non ?

— Pas du tout ! fit Christelle en secouant ses boucles rousses. Cette demeure est celle de vos ancêtres. Je trouve cela magnifique au contraire. À vrai dire, j'avais tellement peur que des étrangers surviennent et dénaturent le lieu. Mon mari priait pour que l'on ne transforme pas cet endroit en hôtel de luxe ou en restaurant.

Lena s'apprêtait à découper le gâteau. En entendant ces mots, elle se figea un instant. Au bout de quelques secondes, elle déposa une part de pâtisserie dans l'assiette de sa compagne.

— En fait, j'envisage... d'ouvrir des chambres d'hôtes.

Christelle fit un geste éloquent.

— Oh, mais çà, c'est différent ! Cela fera venir du monde, et mon mari pourra en profiter lui aussi. Si les gens ont envie de manger au restaurant un soir, ils pourront le faire. Un hôtel, c'est beaucoup plus ennuyeux.

— Vous me rassurez ! J'ai eu peur un instant de perdre votre amitié avant même de l'avoir conquise.

Christelle posa la main sur son cœur.

— Croyez-moi, vous l'avez déjà gagnée. Bon, si nous goûtions à ce gâteau ? ajouta-t-elle rapidement pour chasser l'émotion qui l'envahissait.

Touchée, elle aussi, Lena avala une bouchée. Le fraisier était réellement succulent, et elle en fit part à Christelle qui la remercia. Cette dernière porta à ses lèvres la tasse de thé en porcelaine de Limoges aux motifs fleuris, qui appartenait autrefois à Éléonore Roséne, en s'extasiant sur le délicieux breuvage. Elle reprenait une gorgée lorsqu'elle suspendit son geste, les yeux fixés sur une des fenêtres de la demeure.

Étonnée, elle se tourna vers Lena.

— Pourquoi votre mari ne descend-il pas nous voir ?

Surprise, la jeune femme haussa un sourcil.

— Mon mari ! Ne vous ai-je pas dit tout à l'heure qu'il était à Nice ? Il ne rentrera pas avant ce soir. J'aurais entendu sa voiture s'il était revenu plus tôt.

— Il n'y a donc que vous et moi ici ? fit Christelle, les yeux écarquillés.

— Tout à fait ! Monsieur Mayeur, l'intendant du manoir est parti avec mon mari. Ils sont allés choisir du matériel de bricolage... je ne sais pas quoi exactement.

— Ah ! J'aurais pourtant juré qu'un homme se tenait derrière cette vitre, s'étonna Christelle en pointant son index dans une certaine direction.

Lena avala péniblement sa salive, avant de se tourner vers l'endroit indiqué. Mais à son grand soulagement, elle ne découvrit personne.

— Cela doit être un effet de mon imagination.

Christelle haussa les épaules, car elle venait de constater à son tour qu'il n'y avait aucun individu à la fenêtre concernée. De toute manière, elle n'était pas du genre à se torturer l'esprit. Elle se voyait cependant rassurée. Pendant l'espace d'un instant, elle avait bien cru que le mari de Lena ne souhaitait pas la rencontrer. Cela lui aurait fait de la peine.

Lena, quant à elle, trouvait maintenant un goût de cendres au délicieux gâteau. Dégoûtée, elle se força quand même à finir son morceau pour ne pas vexer sa nouvelle amie. Mais quand celle-ci, qui avait dévoré le sien voulut la resservir, elle refusa sous le prétexte de surveiller sa ligne. Ce fut le point de départ d'une longue conversation, au cours de laquelle Christelle apprit à Lena tout ce qu'elle pensait des régimes. Elle en avait beaucoup abusé, ce qui lui avait valu, d'après elle, tous ses kilos en plus. Lena révéla alors à l'épicière la vérité. Elle devait se restreindre, car elle avait ingurgité une quantité énorme de médicaments contre la stérilité. Son corps souffrait de tous ces excès. Et il était hors de question de se laisser aller, à seulement trente ans.

— Oh, je suis si triste pour vous ! s'exclama Christelle en lui saisissant la main par-dessus la table. Je ne peux même pas imaginer comme ce doit être douloureux de ne pas pouvoir...

Elle n'ajouta rien. Pour une fois, elle ne trouvait pas les mots. Elle-même était tombée enceinte sans même l'avoir désiré, alors qu'elle était fort jeune.

Lena lui fit un sourire un peu crispé en tapotant la main qui tenait la sienne.

— Pour l'instant, Jonathan et moi n'en parlons plus. Cette maison est un don du ciel.

Elle regarda soudain avec amour et fierté la vieille bâtisse.

— C'est vrai, elle a complètement changé ma vie. Depuis quelques mois, je suis arrivée à me sortir de la tête l'idée d'avoir des enfants ou du moins, à ne plus trop y penser.

Elle se tourna vers Christelle et lui sourit.

— Cela faisait bien longtemps que je n'avais pas parlé de... mon problème avec quelqu'un. Avec ma mère, j'évite le sujet. C'est douloureux pour elle aussi dans un sens. C'est dommage qu'elle ne comprenne pas mon engouement pour cette maison.

Christelle afficha un sourire chaleureux.

— Je suis heureuse que vous m'ayez confié tout cela, murmura-t-elle.

Elle n'ajouta rien. Que pouvait-on dire à une femme qui ne pouvait pas être maman ? Il n'y avait rien à dire. Aucun mot n'aurait pu l'aider. Cette absence de paroles futiles et inutiles que Lena avait l'habitude d'entendre lui fit comprendre en un instant que Christelle était l'amie sincère dont elle avait toujours rêvé. On lui avait tellement répété de ne pas désespérer. *Un jour viendra, il ne faut pas y penser.* Comme si le cerveau pouvait se commander en un claquement de doigts.

Les deux nouvelles copines papotèrent joyeusement jusqu'à dix-sept heures trente, puis Christelle dut rentrer, car elle devait s'occuper de son linge. Elles se fixèrent un autre rendez-vous pour le vendredi suivant et Lena l'accompagna à son véhicule.

La jeune femme fit de grands signes de la main, jusqu'à ce que la petite voiture eût disparu à sa vue. Alors, elle revint dans la maison. Le soleil de cette fin septembre inondait encore certaines pièces du manoir.

Tout à coup, Lena s'aperçut qu'elle était seule pour la première fois dans cette demeure. Elle choisit aussitôt d'ignorer avec fermeté le malaise qui la gagnait malgré elle et elle retourna dans le jardin pour débarrasser la table en fer forgé. En emportant le plateau sur lequel elle avait déposé la porcelaine et le reste du gâteau, elle leva les yeux un instant vers la fenêtre où Christelle avait cru voir un homme, mais il n'y avait personne.

Lena se rendit à la cuisine. Elle nettoya à la main les petites tasses qui étaient trop anciennes, donc trop fragiles pour passer au lave-vaisselle. Lorsqu'elle eut terminé, elle décida de s'asseoir une minute sur une chaise.

La maison était si... silencieuse.

Des larmes scintillèrent sur les cils de la jeune femme. Que n'aurait-elle pas donné pour entendre des rires d'enfants tout autour d'elle ? Une douleur lancinante bien connue s'empara de son cœur. Pourquoi ? Qu'avait-elle donc bien pu faire pour ne pas avoir le droit de mettre un bébé au monde ? N'éprouverait-elle jamais le bonheur de tenir un nouveau-né contre soi, en sachant que c'est le sien ? Ni même la joie d'épancher ses pleurs ou bien l'exaspération contenue que ressentaient certains parents, devant les caprices de leurs progénitures ! Tous ces petits riens qui semblaient si normaux à tant de gens et qui lui étaient refusés à elle...

Pour le moment, son mari ne voulait pas entendre parler d'adoption. Rien ne laissait présager qu'il changerait d'avis un jour !

Lena se prit la tête entre les mains. Elle ne désirait pas repenser à tout cela. Elle ne devait surtout pas.

Lorsque Jonathan entra dans la cuisine, il découvrit sa femme endormie, le visage au creux de ses bras qu'elle avait repliés sur la table. Il déposa un baiser sur sa chevelure.

Lena se réveilla en sursaut.

— Jonathan ! Mais quelle heure est-il ?

— Il est six heures et demie, mon chou ! Tu as fait un gros dodo.

Lena se recoiffa machinalement. Elle ne se trouvait pourtant pas si fatiguée, tout à l'heure. Jonathan lui demanda comment s'était déroulé son après-midi, en compagnie de sa nouvelle copine. Quand elle lui assura avoir passé d'excellents moments avec Christelle, le jeune époux se sentit heureux qu'elle ait déniché une amie dans cet endroit. Il avait eu peur que l'éloignement de la ville ne réussisse pas à sa femme. En souriant, il la regarda s'activer pour le dîner. Mais comme il observait son doux visage, son sourire se figea.

Lena avait pleuré ! Ses yeux légèrement rouges et la façon qu'elle avait de ne pas tourner la tête vers lui en attestaient. Alors il sut qu'elle y avait repensé. Peut-être en avait-elle parlé à cette femme, ce qui expliquait son chagrin...

Jonathan ne dit rien. Mieux valait laisser passer l'orage, le beau temps reviendrait. De plus, il n'avait guère envie de voir la foudre s'abattre sur lui, une fois de plus...

Chapitre 9

Quelques jours plus tard, Lena savait exactement, grâce aux listes préparées par ses soins, ce dont elle voulait pour créer une atmosphère romantique dans les futures chambres d'hôtes du manoir. On devait avant tout préserver l'esprit de la demeure. Les personnes qui réserveraient dans cette maison cherchaient le dépaysement. Il fallait donc accentuer le côté désuet de ces pièces. Les clients auraient ainsi l'impression de changer d'époque. Et puis, cela reviendrait tout de même moins cher que de transformer complètement la décoration.

Ce jour-là, elle avait décidé de faire les magasins en compagnie de Jonathan. Son mari ne comprenait pas pourquoi Lena tenait tant à préparer ses chambres sur-le-champ, vu qu'ils n'étaient pas censés les ouvrir au public avant le printemps prochain. En effet, la plomberie et l'électricité nécessitaient des travaux de mise aux normes. Mais, conciliant, il se plia aux exigences de sa femme.

Ils partirent donc à l'assaut de plusieurs magasins de décoration à Nice et aux alentours. Contrairement à son habitude, Lena ne perdit pas de temps à fureter à droite et à gauche. D'un pas vif, elle se dirigeait vers les luminaires, le linge de maison et les accessoires. Elle s'était beaucoup aidée de magazines et armée de ses listes, savait exactement ce qu'elle voulait pour chaque pièce. Jonathan était épaté de voir sa femme agir de façon aussi efficace. Une demi-heure au maximum dans chaque magasin. C'était un record pour elle qui adorait fouiner des heures, en visitant chaque rayon en détail, au risque même d'y revenir des fois que quelque chose lui aurait échappé.

Ils prirent tout de même le temps de déjeuner dans un petit restaurant, non loin des commerces, où ils goûtèrent une cuisine locale fameuse. Lena ne tarissait pas d'éloges sur ce qu'elle voulait faire. Selon elle, cela promettait d'être splendide. Son mari se gardait bien de la contredire.

En fin d'après-midi, ils avaient presque tout trouvé. La voiture était bien remplie, débordante de dessus de lit, draps, lampes, tapis et bien d'autres choses. Lena était satisfaite. Il restait bien quelques petites bricoles à acheter qu'elle dénicherait dans une brocante, mais dans l'ensemble elle était contente.

Les jeunes gens arrivèrent épuisés au manoir. Il fallut encore décharger l'auto, puis monter le gros des emplettes dans l'une des chambres.

Lena soupira alors qu'elle se vautrait dans son canapé, un verre de vin du pays à la main.

— Quelle journée ! On n'a pas idée comme c'est usant de faire les boutiques.

Le rire de Jonathan résonna dans la pièce.

— C'est certain ! Vois-tu, je ne le ferai pas tous les jours, et cela pour rien au monde ! Au fait, avec tout cela j'ai oublié de te dire que j'ai pris rendez-vous avec une entreprise recommandée par un de mes amis. Le patron va nous faire un devis pour ce que nous voulons remettre à neuf.

— Oh, génial ! Quand viendront-ils ?

— Demain, à dix heures.

— Super ! Si tout se déroule comme prévu, je pourrai ouvrir mes chambres d'hôtes dès le début du printemps prochain.

Jonathan avala un peu de vin.

— Tu sais que... lundi, je retourne au travail. Est-ce que tu ne vas pas te sentir trop seule ?

Lena sourit.

— Je ne le serai pas. Monsieur Mayeur est là, si vraiment j'ai un coup de blues et puis... j'ai aussi ma nouvelle amie Christelle.

— Tant mieux, cela me rassure. Mais pourquoi veux-tu absolument te charger de la chambre rose ? Nous pourrions demander à cette entreprise de le faire immédiatement après la salle de bains, qui est notre priorité.

— Non, cela m'occupera. N'oublie pas que je n'ai plus de boulot, il faut bien que je remplisse mes journées. En plus, j'adore peindre et tapisser. Et j'ai tout l'hiver pour le faire, je ne suis pas pressée. Enfin... tu comprends, cette pièce est particulière, je dois le faire moi-même.

— Comme tu voudras, ma chérie.

Jonathan serra sa femme contre lui. D'un côté, il aurait aimé rester auprès d'elle, mais de l'autre, il avait besoin de travailler, de voir du monde, d'avoir une vie en dehors du manoir. Une existence de rentier, très peu pour lui.

Lena ne voulait pas s'avouer qu'elle était triste, car d'ici trois jours, son mari ne serait plus tout le temps avec elle. Elle s'y était habituée, sa présence était si rassurante. Bien sûr, avec l'argent de l'héritage, ils auraient pu vivre un moment sans que Jonathan œuvre à l'extérieur, mais la jeune femme savait bien que c'était hors de question pour son époux. Toutefois, les heures risquaient d'être interminables en son absence.

Un jeudi matin, Lena éprouva à nouveau un petit pincement au cœur en voyant la voiture de Jonathan s'éloigner sur le chemin comme chaque jour depuis le début de la semaine. Mais elle ne serait pas seule bien longtemps, car la compagnie de rénovation devait bientôt arriver. Du devis au rendez-vous pour le démarrage des travaux, cela avait été rapide, l'entreprise venant juste de finir un chantier.

Alors que la jeune femme terminait de ranger sa cuisine, un coup de klaxon retentit devant la maison.

Lena jeta un œil par la fenêtre et découvrit un fourgon blanc au logo de la société attendue, qui se garait près de la porte du manoir. Elle constata avec satisfaction que l'artisan était en avance et sortit sur le perron pour les accueillir.

Deux hommes vêtus de salopettes, d'aspect plutôt costaud, descendirent du véhicule. Ils se dirigèrent vers elle et l'un d'eux, le plus âgé, lui tendit une poigne robuste, avec un large sourire.

— Madame Deforges, je suis ravi de vous revoir, s'exclama-t-il d'une voix de ténor.

— Moi de même, monsieur Giovanno, répondit Lena en lui serrant la main.

Marcello Giovanno lui présenta le jeune garçon qui l'accompagnait comme étant son fils.

Lena sourit à l'intéressé et se retourna vers l'entrepreneur.

— Vous êtes en avance, monsieur Giovanno, c'est une qualité que j'apprécie !

— Toujours ! Comme le proverbe le dit si bien : *l'avenir appartient à ceux qui se lèvent tôt* !

L'homme avait un fort accent du sud qui n'était pas déplaisant. Habitué aux vieilles bâtisses, il se recula pour mieux juger le manoir d'un œil attentif.

— C'est une belle demeure, vraiment ! fit-il.

Lena hocha la tête.

— Oui ! J'espère tant pouvoir ouvrir mes chambres d'hôtes au printemps.

— Mais oui, ne vous inquiétez pas ! Vous avez devant vous le spécialiste !

Amusée par l'allusion, elle retourna dans la maison en laissant l'entrepreneur et son fils décharger le matériel qui se trouvait dans la camionnette.

Marcello Giovanno avait estimé à environ deux ou trois mois, a priori, la durée du chantier. Il n'y avait pas de lourds travaux en perspective, à part une mise aux normes de certaines pièces, bien sûr, mais surtout un rafraîchissement général. La jeune femme voulait tout d'abord éclaircir l'entrée. Les boiseries étaient trop sombres, donnant une sensation d'étouffement. Dès l'arrivée dans la demeure, les gens devaient se sentir à l'aise. Puis venait le salon, qui avait bien besoin d'un petit coup de peinture. En ce qui concernait cette pièce, Lena n'avait pas encore arrêté son choix sur les couleurs. Elle voulait du changement sans dénaturer l'endroit. Pour cela, elle comptait s'en remettre à monsieur Giovanno expert en la matière.

La tapisserie de la salle à manger avait largement trop vécu et n'était plus du tout au goût du jour. Là aussi, la jeune femme souhaitait créer un coin lumineux dans lequel ses convives auraient plaisir à venir prendre leurs repas. Les deux salles de bain étaient assurément trop vétustes, et l'électricité n'était plus aux normes. Cependant, Lena voulait avant tout rester dans l'esprit du manoir. D'où la nécessité de donner au neuf l'aspect de l'ancien. Et enfin, les trois futures chambres réservées à l'accueil. Lena désirait se consacrer elle-même à la décoration de la dernière. La chambre rose. Pour ses pièces, elle tenait là aussi, au côté rétro, qui ferait le charme sans conteste de cette prochaine maison d'hôtes.

Après avoir fait le topo avec l'entrepreneur, Lena monta à l'étage, pour s'occuper de cette fameuse chambre rose. Elle ouvrit l'une des fenêtres, puis ses volets. Un vent de fraîcheur s'engouffra aussitôt. Lena ne put s'empêcher de respirer avec délectation cet air pur. Elle ne savait pas combien d'années cet endroit était resté clos, mais vu l'odeur de renfermé tenace, cela devait faire un bon bout de temps.

Le dimanche, Jonathan l'avait aidé à protéger les meubles à l'aide de bâches en plastique, afin que Lena puisse peindre le plafond, ainsi que toutes les boiseries qui recouvraient intégralement les murs dans leurs parties inférieures. En ce qui concernait la tapisserie en toile de Jouy d'un vieux rose passé, tout semblait d'époque, aussi Lena ne voulait pas y toucher. C'était un atout majeur pour cette pièce. Même si elle n'était pas immense, sa forme était originale, car elle se trouvait en haut de la tour, avec ses bow-windows qui offraient une vue splendide sur le jardin. Une fois qu'elle serait remise à neuf, ce serait l'une des plus charmantes de ses chambres d'hôtes. Et ce n'est pas la femme au tableau qui dirait le contraire.

En salopette et vieux t-shirt, Lena s'attaqua à l'un des panneaux en boiseries. Elle devait le poncer de façon légère, sans l'abîmer. La peinture devait juste pouvoir accrocher.

Dans la maison, on entendait le bruit des ouvriers qui installait leur matériel en parlant fort. Cela ne déplaisait pas à Lena qui se sentait ainsi moins isolée.

La jeune femme s'activait depuis un quart d'heure, lorsque l'intendant fit son apparition. Il proposa son aide à Lena. Cette dernière préférait qu'il ne se fatigue pas, mais il insista lourdement et elle comprit que cela lui faisait réellement plaisir.

Monsieur Mayeur s'empara d'une feuille de papier de verre et ponça avec ardeur l'une des fenêtres. Lena sourit en le regardant. Elle ne savait pas s'il était proche de sa tante, mais si c'était le cas, il avait dû se sentir bien seul depuis le décès de celle-ci. Elle continua de polir en se disant qu'après tout, il y avait tant de choses à faire dans cette demeure qu'un petit peu d'aide ne serait pas du luxe.

Toutefois, maintenant que l'intendant était présent aux côtés de la jeune femme, toutes sortes de questions lui venaient aux lèvres. Elle n'osait cependant les formuler, de peur d'ennuyer le vieil homme qui sifflotait gaiement.

Au bout d'un certain temps, Lena n'y tint plus.

— Monsieur Mayeur... puis-je vous demander quelque chose ?

— Mais bien sûr, Lena ! Faites donc !

— Pourquoi... pourquoi les gens du hameau ne semblent-ils pas apprécier ma famille ?

Jacques resta silencieux quelques instants, avant de répondre.

— Il faudrait que je vous raconte... tout ce qui s'est passé ici depuis plus d'un siècle, pour que vous puissiez comprendre.

Surprise, Lena arrêta de poncer le panneau.

— Depuis plus d'un siècle ! Cela date alors !

— Oh oui ! À ma connaissance, la famille Roséne n'a jamais été fort appréciée. Surtout du temps du comte de Roséne.

— Le comte de Roséne, vous dites ? J'ai eu un comte pour ancêtre !

Monsieur Mayeur sourit à la vue du visage interloqué de la jeune femme. Surprise, elle s'était assise sur l'une des chaises recouvertes de plastique.

— Ça alors ! Comment se fait-il que personne ne m'en ait jamais parlé ?

L'intendant se gratta le menton. Devait-il lui révéler toute la vérité sur sa famille ? Qui le ferait sinon ? Le vieil homme pensa à Éléonore Roséne. Si elle s'était trouvée dans cette situation avec sa nièce, elle n'aurait pas hésité un seul instant à tout lui raconter. Elle aurait voulu que Lena connaisse le passé de sa lignée, car ce que détestait Éléonore par-dessus tout, c'était les non-dits ! Tous ces non-dits qui lui avaient gâché la vie. Néanmoins... par quoi démarrer ?

En soupirant, monsieur Mayeur s'approcha de la jeune femme. Il s'installa confortablement dans un fauteuil dont il avait ôté la bâche.

— Je crois qu'il est temps que je vous en apprenne un peu plus sur votre généalogie... Lors de la Seconde Guerre mondiale, les Allemands ont investi le manoir. Cette demeure leur a servi, comme beaucoup d'autres à cette époque, à établir l'un de leurs quartiers généraux. Tant qu'à choisir, ils prenaient évidemment les plus belles maisons. Votre tante Éléonore était tout juste âgée de vingt-trois ans. Son père, le dernier comte de Roséne venait de mourir des suites d'une longue maladie et sa pauvre maman était en mauvaise santé elle aussi. Malgré sa jeunesse, votre tante dut accueillir l'ennemi en lui faisant bonne figure de crainte de représailles. Elle crevait de peur qu'ils ne brûlent le manoir, après l'avoir méticuleusement pillé. Comme vous le savez ou peut-être pas, Éléonore n'était pas en bons termes avec votre grand-mère, sa sœur, depuis déjà quelques années. C'était malheureusement sa seule famille. Leur mère, orpheline de naissance, n'en avait aucune. C'est pourquoi, en perdant sa maison, Éléonore se serait retrouvée à la rue sans personne pour lui venir en aide. Alors elle a joué le jeu, recevant cordialement l'ennemi, sans montrer sa haine et son dégoût profond de ses hommes. Comme cela se produit souvent dans les coins reculés, les rumeurs sont allées bon train au village. Les gens ont vite insinué dans son dos qu'elle n'était qu'une *collabo*, sans même chercher à comprendre ou à voir plus loin que le bout de leur nez. En dépit du fait que toutes les nuits, elle risquait sa vie pour rejoindre la milice qui sévissait dans la région. Une milice dont je faisais partie, car j'avais, bien entendu, quitté mon emploi au manoir pour remplir mon devoir. Ah, nous leur avons compliqué l'existence à ses nazis ! Mais sans pouvoir le révéler aux villageois. Cela aurait été beaucoup trop dangereux.

Ainsi, la journée, Éléonore prenait sur elle et restait souriante et prévenante avec ceux qui occupaient sa maison. Quand elle descendait au pays, elle se taisait lorsque des insultes fusaient derrière son dos. Certains ont même raconté des horreurs sur elle, comme quoi elle tuait elle-même des juifs dans sa cave ! Vous rendez-vous compte jusqu'où peut aller la bêtise humaine ? Et moi, pendant ce temps, je n'étais au courant de rien. Comment l'aurais-je su d'ailleurs ! Je vivais caché dans une grotte avec d'autres résistants comme moi. Nous ne sortions que la nuit et pas pour tailler la bavette, croyez-moi ! Éléonore ne s'est jamais plainte. Pas une fois, elle ne m'a parlé de ce qu'elle subissait quotidiennement. Si je m'en étais rendu compte...

Jacques serra les poings.

Lena put lire de la colère dans ses yeux sombres, car malgré toutes ces années, le souvenir était toujours aussi vif.

D'une voix tremblante d'émotion contenue, monsieur Mayeur reprit.

— À la fin de la guerre, j'ai enfin appris ce qu'avait vécu votre tante. Alors, j'ai voulu rétablir la vérité en révélant à tous ceux du village quelle femme et quelle farouche résistante était réellement Éléonore de Roséne. Ceux de mes camarades qui étaient encore en vie ont confirmé ma version. Certains villageois ont changé d'avis, mais d'autres qui haïssaient la famille Roséne ont refusé cette version de l'histoire. Ils récusaient le fait d'avoir pu se tromper sur son compte. Ils pensaient que je mentais, car j'étais amoureux d'Éléonore. Et elle, elle était fière, trop fière. Elle n'a jamais attendu aucune reconnaissance de la part de quiconque. Je me souviens de ses propos comme si c'était hier :

Qu'ils aillent tous se faire voir ! Qu'espèrent-ils ? Que je me jette à leurs pieds pour les supplier de croire en mon patriotisme ? Moi je sais ce que j'ai fait et j'en suis fière. Peu m'importe ce que peut penser ce village de demeurés.

Éléonore, elle non plus, ne pardonna pas. Elle commandait ou partait faire des courses en ville, mais elle n'est jamais plus retournée dans ce fichu hameau.

Jacques se tut.

Lena se trouvait sous le choc de ses révélations. Elle éprouvait de la colère, car elle se sentait soudain plus proche de cette femme rejetée par les habitants de la région, mais aussi par les siens. Elle concevait également de la tristesse. Le regret de n'avoir pu la connaître se fit encore plus vif. Mais Lena désirait en savoir plus. Elle n'allait quand même pas s'arrêter en si bon chemin.

— Monsieur Mayeur, vous avez dit : *ceux qui haïssaient la famille.* Cela voudrait-il dire que les Roséne n'étaient déjà pas aimés, bien avant la guerre ?

Le vieil homme hocha la tête.

— Je vous l'ai dit, il faut remonter à plus d'un siècle.

— Racontez-moi, s'il vous plaît, je meurs d'envie d'en savoir plus, fit la jeune femme en joignant les mains.

L'intendant sourit, heureux de pouvoir conter un passé oublié.

— Tout a commencé au temps du premier comte de Roséne. Ce dernier a fait construire le manoir dont vous avez hérité, en 1875. Il s'y installa dès la fin des travaux deux ans plus tard. D'après ce que l'on sait, à cette époque, c'était un homme respecté et apprécié de tous. Les gens qui œuvraient pour lui ne s'en plaignaient jamais. Il ne courait pas le guilledou, était toujours aimable et prévenant avec tous. Bref, un gentilhomme admirable en tout point.

Mais un jour, ayant largement dépassé la trentaine, il décida de se marier. Il jeta son dévolu sur une demoiselle d'origine bourgeoise, qui vivait dans les environs. Malheureusement, elle était fort jeune et ne souhaitait pas épouser le comte, car d'après ce que l'on dit, elle était amoureuse d'un autre. Mais le monsieur la voulait pour femme coûte que coûte. C'était une fort belle fille qui faisait tourner la tête à beaucoup d'hommes, et le comte n'a pas échappé à la règle. Leur mariage a duré un certain temps. Et puis, un jour, elle a disparu. En abandonnant l'enfant conçu avec son époux. De nombreuses personnes pensent que la dame s'est enfuie avec son amant. Monsieur de Roséne ne s'en est jamais remis.

À partir de ce moment-là, le comte n'a plus jamais été la même personne. Il était devenu taciturne, revêche, voire terrifiant par instants. Plus personne ne devait prononcer le nom de sa femme devant lui, sous peine d'une explosion de colère. Mon grand-père, engagé après le départ de la comtesse, a connu un homme bien différent de ce qu'il était jadis. Plus rien ne trouvait grâce aux yeux du comte, plus rien ne l'intéressait. Hormis son garçon, qu'il aimait certainement. Mais le pauvre subissait une éducation stricte. Les gens ont tout d'abord ressenti de la pitié pour le comte, juste après la disparition de sa femme. Puis ce sentiment fut vite remplacé par de l'hostilité envers cette famille.

Une fois adulte, le fils s'est occupé du domaine. Mais il avait vécu dans une atmosphère viciée. Le manque d'affection d'une mère, le manque d'affection tout court... Peu à peu, il s'est forgé une carapace tenace. Son père n'étant plus en mesure de se charger de ses affaires, surtout par manque d'envie, son héritier a essayé de tout gérer, mais il faisait trop d'erreurs. Il a acquis une réputation d'homme intraitable, sournois, voire violent. On dit qu'il a choisi la maman d'Éléonore, essentiellement pour son argent.

Il est revenu un jour, marié avec une femme orpheline de parents, mais riche à millions. Personne n'a jamais su d'où elle venait. Elle ne descendait jamais au village, et le seul endroit où les gens pouvaient la voir, c'était aux côtés de son époux dans leur voiture. Les domestiques racontaient que le comte la terrorisait. Elle faisait dépression sur dépression. Mon grand-père m'a fait engager au manoir, peu de temps avant la Seconde Guerre. Je l'ai donc assez peu connu, car je me suis joint à la résistance dès le début de l'invasion allemande. Elle s'est éteinte juste après la fin des hostilités, avant que je ne revienne. Votre tante n'a jamais évoqué devant moi son enfance. Elle éludait toutes questions sur ce domaine. Tout ce que l'on relatait était peut-être vrai. Malheureusement, nous ne le saurons jamais.

Monsieur Mayeur s'arrêta un instant, comme s'il cherchait à mettre de l'ordre dans ses idées.

— Bien sûr, reprit-il en hochant la tête, cela pourrait expliquer son caractère emporté et sauvage, car Éléonore Roséne était quelqu'un de très... difficile. Elle pouvait être la douceur même, et la seconde d'après, une vraie furie.

Un sourire fugitif éclaira le visage de l'intendant. Puis il eut un geste éloquent de la main.

— Voilà, vous savez à peu près tout.

Lena soupira. Ce n'était pas facile de digérer tout ce qu'elle venait d'apprendre. Mais elle était heureuse, car il lui semblait qu'une partie d'elle-même lui était révélée. Quoique l'on puisse en penser, ces gens appartenaient à sa famille. Néanmoins aujourd'hui, elle comprenait enfin pourquoi sa grand-mère, la sœur d'Éléonore, avait toujours refusé d'évoquer son enfance et cette famille qu'elle avait fuies, se jugeant à tort ou à raison trop différente d'eux.

Au moment de l'héritage, Lena demanda conseil à sa mère sur le choix à faire en ce qui concernait le manoir. Celle-ci lui répondit qu'il valait mieux se débarrasser de cette satanée baraque, car trop de mauvais souvenirs dont elle ne voulait pas parler s'y rattachaient. Quand sa fille l'informa de la décision prise d'un commun accord avec son mari de conserver la bâtisse pour développer des chambres d'hôtes, elle haussa les épaules d'un air pincé. Elle ajouta ensuite que la grand-mère de Lena, qui n'était plus de ce monde, n'aurait certainement pas apprécié.

Évidemment, sur le moment, cela exaspéra la jeune femme, mais à présent, elle comprenait davantage. Cependant, au fond d'elle-même, elle se demandait quel aurait été son verdict si elle avait su tout cela au début.

Lena se leva soudain sous le regard étonné de l'intendant et se dirigea vers l'armoire, que Jonathan avait poussée vers le centre de la pièce afin de pouvoir repeindre le mur. Soulevant le plastique qui recouvrait le meuble, elle ouvrit la porte et en sortit la toile auparavant accrochée sur la paroi au-dessus du lit.

Elle brandit à bout de bras la peinture devant Monsieur Mayeur et demanda :

— Pouvez-vous me dire qui est cette dame ?

Éberlué, il observa le tableau, puis le visage de Lena.

— C'est... cette femme est... la comtesse de Roséne, celle qui s'est enfuie !

Lena reposa le cadre doré sur le sol, contre la chaise sur laquelle elle était assise.

Jacques fixait la peinture avec intensité.

— Je... je n'avais pas vu ce tableau depuis... depuis des années. C'est incroyable comme...

— Comme je lui ressemble !

Le vieil homme se racla la gorge.

— Vous êtes de la même famille après tout, cela arrive souvent que l'on ait hérité des traits de ses ancêtres. Bien sûr, la plupart du temps, les gens l'ignorent.

Les yeux de Lena restaient fixés sur le portrait. Elle avait l'impression étrange de se contempler dans un miroir, de se voir telle qu'elle aurait pu être plus de cent ans auparavant. Soudain, une profonde tristesse envahit la jeune femme, son regard se voila, sa gorge se serra. Elle ressemblait peut-être physiquement à cette femme d'un autre temps, mais jamais... jamais elle n'aurait pu abandonner son enfant.

Chapitre 10

1880

C'était le jour de son mariage. Cela aurait dû être le plus beau de sa vie, mais pour Isadora, c'était tout le contraire. Elle se tenait assise sur sa chaise, le dos raide, les mains sagement posées sur ses genoux.

La jeune femme portait une splendide robe en taffetas de soie couleur bourgogne, en vogue depuis quelques années. Elle en aurait préféré une blanche, comme elle en avait déjà vu quelques-unes. Mais selon les dires de sa mère, cette toilette était plus appropriée, car elle pourrait s'en servir à nouveau, à de multiples occasions, par exemple pour rendre des visites de courtoisie ou même aller à l'église.

Quand Isadora avait contemplé son image qui se reflétait dans le miroir au petit matin, elle dut reconnaître que cette robe lui seyait à ravir. Le corsage ajusté qui se fermait à l'avant grâce à des boutons recouverts de velours et se terminait en pointe à la taille était d'une finesse extrême comme la mode le préconisait. Il mettait en valeur sa poitrine aux courbes parfaites. La jupe du dessus était réalisée en plissé rond et celle du dessous s'ornait d'une frange de soie et de chenille avec des nœuds sur le haut de la bordure à plis plats... Cette robe était splendide, la jeune femme ne pouvait le nier. Un voile de satin de soie et de tulle, joliment travaillé, découlait de sa chevelure aux boucles auburn. Celle-ci était relevée en un chignon compliqué, parsemée de petites fleurs d'oranger. Les épingles posées en grand nombre lui piquaient douloureusement le crâne.

À présent, quiconque l'observait assise sur son siège, voyait l'image d'une poupée de porcelaine au visage angélique ! Jusqu'à ce que l'on croise son regard, évidemment... Car ses pupilles vert émeraude renvoyaient l'éclat d'une colère sourde.

Elle étudiait les couples qui dansaient sur l'estrade installée pour l'occasion dans le pré en contrebas. Même de loin, certains semblaient si amoureux, les yeux rivés l'un à l'autre, les joues rosies par l'émotion. Mais c'était des jeunes gens de condition bien plus modestes que la sienne, qui n'auraient pas à subir un mariage d'intérêt, imposé, dans cette société bien-pensante remplie de conventions dont était issue Isadora.

La demoiselle fixait tous ces gens invités à la noce. Des fermiers, pour la plupart, qui travaillaient pour le comte de Roséne. Son époux depuis quelques heures.

Une barrière virtuelle séparait deux mondes, celui des bourgeois qui se tenaient près du manoir, et celui des paysans, installés à des tables, beaucoup plus bas. La position sociale des convives s'affichait à travers leurs vêtements. Redingotes, queues-de-pie ou vestes de gros draps, hauts-de-forme ou casquettes pour les hommes. Toilettes à tournures richement brodées et garnies de dentelles ou simples robes de toile unie. Chapeaux extravagants ornés de fleurs ou modestes capelines. Le contraste était saisissant entre ces différents groupes de personnes, qui ne se côtoyaient évidemment pas. En tout cas, tous étaient sur leur trente-et-un et semblaient ravis de se trouver là.

Ce n'était pas le cas de la principale intéressée. Lorsqu'elle était enfant, elle n'aurait jamais imaginé être forcée de convoler avec un inconnu. Elle avait lu tant de romans d'amour, elle avait appris par cœur tant de poèmes... Peut-être que tout cela lui était monté à la tête.

Isadora jeta un œil sur son mari qui fumait un cigare en compagnie de ses amis. Bien sûr, il était bel homme avec une prestance certaine. Cela la jeune fille ne pouvait le nier. Il était grand, avec un regard sombre qui semblait vouloir vous sonder l'âme. Il possédait une chevelure ébène abondante, un visage anguleux et sensuel tout à la fois et un sourire qui dévoilait des fossettes attendrissantes. Tout cela le rendait fort agréable à contempler.

Mais il avait déjà trente-cinq ans ! Cela paraît si vieux lorsqu'on a dix-sept ans ! Pourtant, ce n'était pas tant l'âge qui rebutait Isadora, mais plutôt le fait qu'elle en aime un autre. Celui qui faisait vibrer son cœur était un poète d'une vingtaine d'années.

Isadora se souvenait avec émotion des lettres enflammées envoyées par le jeune homme. Elle aurait pu réciter chacune d'entre elles. Leur amour était si beau, si pur. Peu de temps auparavant, elle s'imaginait vivre au côté de son bien-aimé, en l'écoutant débiter ses vers au coin du feu. Mais ses parents, des petits-bourgeois provinciaux, en avaient décidé autrement. Pour eux, Julien Mairan était un gentil garçon, néanmoins il n'était absolument pas un bon parti. Ses géniteurs étant morts ruinés, il possédait une maigre pension généreusement allouée par son oncle, qui lui suffisait tout juste à survivre, étant donné qu'il consacrait toute son existence à son art. Il n'était donc pas en mesure d'entretenir une épouse et des enfants éventuels.

Lorsque le comte de Roséne avait demandé la main d'Isadora, les parents de cette dernière n'avaient pas hésité une seconde. En plus de la sécurité et d'un confort de vie certain, cet homme apportait à leur fille un titre de noblesse non négligeable, qui comblait leurs vœux secrets. Le couple avait toujours souhaité s'élever dans la hiérarchie sociale par l'intermédiaire de leur enfant unique.

Isadora avait bien tenté de se rebeller, cherchant tous les prétextes pour ne pas épouser un monsieur qu'elle connaissait à peine, ses parents avaient fait la sourde oreille. Une occasion pareille ne se représenterait probablement plus jamais. Tout au long des préparatifs de l'union, qui n'avaient duré que deux mois selon la volonté du comte, Isadora avait espéré que son amoureux reviendrait et l'enlèverait à sa famille.

Depuis quelque temps, le jeune homme se trouvait à Paris, afin d'y rencontrer un poète de renommée. Un curieux concours de circonstances, plus qu'un retard de la poste, fit qu'il reçut la lettre d'Isadora qui l'informait de son prochain mariage, seulement une semaine avant celui-ci.

Pendant ce temps, la demoiselle attendait, escomptant chaque jour, sinon la présence de Julien, au moins une réponse de sa part. Elle n'avait obtenu que deux billets enflammés, écrits par l'amoureux au début de son séjour à Paris. Puis plus rien.

Julien, emporté par la spirale infernale de la vie mouvementée de l'illustre poète qui l'avait pris sous son aile, avait quelque peu mis de côté sa passion pour sa dulcinée. Il pensait qu'après tout, étant jeunes, tous deux n'avaient nul besoin de se presser. Lorsque, enfin, Julien avait reçu la lettre d'Isadora, il avait soudainement pris conscience de la perte atroce dont il allait être victime.

Julien partit comme un fou, laissant rimes et rimeur à Paris, sautant de correspondance en correspondance, souhaitant au plus profond de lui-même arriver avant le mariage.

Malheureusement, il ignorait qu'Isadora avait interprété le silence de Julien d'une tout autre manière. D'habitude, la belle recevait de la part de son amoureux une littérature fournie. En voyant que celui-ci ne répondait pas, elle pensa qu'il refusait de se battre pour elle. Cela ne faisait aucun doute dans son esprit. Elle avait attendu en vain le retour de Julien. Elle n'avait jamais envisagé un quelconque retard de la poste. Qu'il ne se soit même pas donné la peine de réagir à sa lettre la mettait hors d'elle. Comment avait-elle pu croire en Julien et son amour éternel ? Était-elle si sotte, si naïve ? Ou bien ses parents avaient-ils raison ? Après tout, ces derniers s'étaient mariés par convenance. Mariage de convention, rien de plus normal. Mais qui, avec le temps, s'était soldé par une profonde affection l'un envers l'autre.

Les deux semaines avant la cérémonie, Isadora avait cessé de s'opposer à sa famille. À quoi bon ? Elle s'était résignée. Elle n'aimerait pas son époux, certes, mais au moins serait-elle à l'abri du besoin !

Cela avait son importance après tout, pensait donc Isadora pour se consoler. Néanmoins, la réalité de la vie l'avait rattrapée. Elle était maintenant la comtesse de Roséne. Malgré tout, ce titre lui laissait une saveur amère dans la bouche...

Isadora toucha à peine au repas de noces servi ce jour-là. Si gourmande d'habitude, elle trouva un goût de cendre à la superbe pièce montée en gâteau de Savoie, préparée en leur honneur par le pâtissier de la région. Ce dernier était ravi de pouvoir déployer tous ses talents pour un si prestigieux client. Quelques individus mettaient le manque d'appétit de la jeune épousée sur le compte de l'émotion qu'elle devait certainement ressentir.

Une seule personne comprenait ce qu'éprouvait réellement Isadora. Helena Renoldi, sa mère. Elle aussi avait connu le doute, l'appréhension et surtout, le parfum aigre de la colère au début de son mariage. Cependant, c'était le lot de bien des femmes, autant s'y résigner. À quoi bon se rebeller ? La dame ressentait bien un peu de peine pour sa fille, mais après tout, une vie paisible et enviée par beaucoup l'attendait. Elle aurait pu naître dans une famille pauvre et pâtir toute sa triste existence de l'indigence. Peut-être se serait-elle mariée par amour, mais celui-ci aurait-il résisté à toutes les privations et souffrances qui guettent les miséreux ?

Helena Renoldi regarda son époux. Avec le temps, elle avait appris à l'apprécier, à le respecter. Une sorte de tendresse, qui était la conséquence de petites attentions mises bout à bout, s'était installée entre eux. Cela irait de même pour Isadora. Sa mère n'en doutait pas. Un mariage d'amour, quelle utopie ! La vie n'était pas un roman à l'eau de rose, comme ceux que lisait Isadora en cachette, en croyant que sa maman n'en savait rien. D'ailleurs, ce poète était-il venu chercher sa bien-aimée ? Avait-il seulement tenté d'empêcher l'union ? Même pas une lettre ! Depuis près d'un mois et demi.

Helena avait craint des complications avant la noce. Finalement, rien ne s'était passé à son grand soulagement. Pourtant, même si Julien Mairan leur avait facilité la vie en renonçant aussi aisément à Isadora, Helena ne pouvait se retenir d'éprouver une bouffée de colère envers le jeune homme. Ne s'étant jamais trouvée dans une telle situation, cette femme n'osait imaginer ce que pouvait ressentir sa fille. Trahie et abandonnée ! Il n'y avait pas d'autres mots.

Helena se fit servir un nouveau verre de porto. Une élégante de sa connaissance vint à sa rencontre, qui la félicita pour le mariage de son enfant.

Madame Renoldi écoutait à peine, affichant un sourire de façade. Ses yeux clairs allaient de son amie à Isadora, qui restait figée sur sa chaise, arborant un regard de braise.

Au bout d'un moment, Helena pria son interlocutrice de bien vouloir l'excuser et se dirigea rapidement vers sa fille.

— Ma chérie...

Isadora leva son visage vers sa mère. Cette dernière sentit son cœur se serrer.

— Ma chérie, reprit-elle d'une voix ferme, c'est le jour de vos noces. Par courtoisie envers nos invités, notre famille, ainsi que... votre mari, vous devriez faire un effort pour vous montrer un peu plus souriante et affable.

— Pourquoi donc ? répondit la demoiselle d'un ton aigre.

Helena se raidit.

— Parce que c'est ainsi ! À présent, vous vous devez d'honorer votre rang.

Des larmes emplirent les yeux de chat d'Isadora. Sa mère se sentit émue, malgré elle. Sa fille paraissait encore si fragile. Dix-sept ans, n'était-ce pas trop jeune pour se marier ? Helena se ressaisit bien vite. Après tout, elle-même n'était pas beaucoup plus vieille lorsqu'elle avait épousé le père d'Isadora.

— Voyons, ma chérie, reprit-elle d'une voix plus douce, vous n'êtes plus une enfant ! C'est une nouvelle vie qui vous attend. Une existence certainement remplie de bonheur. Pensez à votre papa et moi-même, notre ménage est heureux !

Aussitôt, les larmes d'Isadora se tarirent et un sourire cynique apparut sur son beau visage.

— Heureux ! Mon père peut-être. Mais qu'en est-il pour vous lorsque votre mari sort retrouver sa maîtresse ?

Helena se fit violence pour ne pas gifler sa fille. L'espace d'un instant, son regard exprima une profonde colère mêlée à de la tristesse. Puis elle recouvra ses esprits et examina les alentours, en espérant que personne n'avait entendu les propos d'Isadora.

— Comment osez-vous me parler de la sorte ? siffla-t-elle entre ses dents.

Sa poitrine se soulevait rapidement, car elle était en proie aux plus vifs sentiments intérieurs.

Isadora se sentit mal à l'aise.

— Ma petite fille, continua sa mère sur un ton plus assuré, il est temps pour vous de grandir. L'époque de la romance est bel et bien finie. La réalité, croyez-moi, est bien différente de ce que vous pouvez lire dans vos livres. En tant que femme, vous vous devez d'agir selon certains principes et...

— Et me taire, c'est cela !

Helena soupira.

— Cessez de vous plaindre. Il y a des demoiselles bien plus malheureuses que vous, qui doivent lutter chaque jour pour leur survie, aussi bien morale que physique.

Elle se tourna vers l'estrade sur laquelle dansaient de jeunes gens enlacés.

— Observez bien ce couple qui se trémousse.

Isadora suivit son regard en fronçant les sourcils.

— Ils ont l'air amoureux, n'est-ce pas ?

Isadora hocha la tête, ne comprenant pas où sa mère voulait en venir.

— Croyez-vous que cette femme bénéficiera d'une vie plus heureuse que la vôtre ? continua Helena en fixant sa fille. Elle mettra au monde une ribambelle d'enfants qu'elle élèvera avec les plus grandes difficultés, dans un logis bien plus modeste que celui qui vous attend. Si elle a de la chance, son mari ne passera pas ses soirées au bistrot à dilapider en beuveries l'argent durement gagné. Avant trente ans, elle apparaîtra vieille et flétrie. À votre avis, ces gens seront-ils toujours aussi amoureux ?

Isadora baissa les yeux, et sa mère crut un instant avoir remporté la bataille, mais c'était sans compter sur le caractère bien trempé de sa fille. Cette dernière releva la tête, puis planta son regard d'émeraude dans celui de la dame.

— Je ne doute pas du bien-fondé de vos paroles, mère, mais puisque je fais partie d'un milieu soi-disant favorisé, pourquoi ne puis-je choisir de mener ma propre vie comme je l'entends ?

— Oh, Isadora ! gémit Helena en posant la main sur son corsage en dentelle, je crains que votre jeunesse ne vous aveugle.

Helena saisit les doigts glacés de sa fille et les serra.

— Ma chérie, une dame respectable se doit d'agir selon son rang et non selon son cœur. C'est ainsi ! Nous n'avons pas le choix. En épousant le comte vous rentrez dans une famille prestigieuse, alors ne cherchez plus l'impossible. Vous vous rendriez malheureuse et cela ne changerait rien au fait d'être née femme.

Isadora baissa la tête, puis serra de son autre main les plis de sa jolie robe en taffetas de soie. Lorsqu'elle releva son visage fin, elle s'était composé une physionomie.

Lentement, elle se dressa sur ses pieds chaussés de beaux escarpins brodés assortis à sa tenue.

— Je comprends, mère.

Elle fixa un regard dénué de toute expression sur Helena. Celle-ci sourit en retirant sa main.

— Bien, alors occupons-nous de nos invités à présent.

Puis elle passa son bras sous celui de sa fille, pour l'entraîner vers sa nouvelle vie.

Chapitre 11

Bien plus tard dans la soirée, Isadora se trouvait dans une chambre. C'était la sienne désormais au manoir de Roséne. La pièce était charmante et accueillante et la jeune femme ne songeait nullement à le nier, malgré la colère qu'elle ressentait toujours.

L'endroit possédait une vue splendide grâce à sa bow-window qui donnait sur le jardin et le baldaquin se situait face à la fenêtre.

Quel enchantement, le matin au réveil ! pensa Isadora malgré elle, en écartant légèrement les lourdes tentures.

La chambre était décorée de façon exquise. Tout le long des murs, sur la partie inférieure, couraient des boiseries peintes en blanc. En haut, une tapisserie exposait ses motifs en toile de Jouy couleur vieux rose. Des motifs repris sur les rideaux, le lit, ainsi que la courtepointe. Une jolie commode en bois de rose placée près de la porte principale côtoyait une coiffeuse dite *aux ombelles* au plateau de marbre. Sur celle-ci était posée une brosse en argent accompagnée de son peigne, ainsi qu'un broc et sa cuvette d'inspiration italienne.

Isadora en eut les larmes aux yeux. C'était ses propres affaires. Sa mère avait dû les faire porter ici dans la journée. La jeune femme se dirigea vers l'armoire massive qui se trouvait dans l'angle de la pièce et l'ouvrit. Toutes ses robes étaient rangées avec soin sur des cintres recouverts de soie, ainsi que beaucoup d'autres qu'elle ne connaissait pas.

Isadora referma la lourde porte et soupira, la main sur son ventre crispé. Ainsi, elle devrait vivre ici désormais. Elle se déplaça vers le fauteuil à bascule installé près de la fenêtre et s'assit. Lentement, elle se balança, en regardant autour d'elle. Peu à peu, la jeune femme se détendit, bercée par le mouvement régulier. C'est alors qu'elle entendit un déclic derrière elle, ce qui la fit sursauter.

Elle se retourna vivement. La porte de communication s'ouvrait doucement. Isadora sentit ses doigts se crisper sur les bras du fauteuil.

Le comte de Roséne apparut dans l'encadrement. Comme il se trouvait en bras de chemise, Isadora baissa d'instinct les yeux.

— Votre chambre vous plaît-elle, ma chère ? demanda-t-il de sa voix chaude.

— Elle est très jolie, murmura Isadora.

— Je l'ai fait décorer suivant les conseils de madame votre mère. Je suis donc heureux qu'elle soit à votre goût. Bien, votre nouvelle femme de chambre sera là d'un moment à l'autre, aussi je vous laisse. Pour le moment...

Un léger sourire au coin des lèvres, le comte de Roséne réintégra ses appartements.

Isadora eut l'impression de pouvoir respirer librement à nouveau. Elle releva les yeux, tenus baissés en sa présence, et les fixa sur la porte.

Pour le moment, avait dit son époux. Il comptait donc revenir.

La jeune comtesse regarda autour d'elle. Ainsi, il avait demandé conseil à sa mère. Isadora devait reconnaître que c'était une attention fort délicate de la part de son mari. Et cette décoration avait dû coûter fort cher. Bien sûr, le comte avait les moyens, mais il n'était nullement obligé de refaire entièrement l'ornement de cette pièce, tout cela pour le seul plaisir de sa femme. Malgré elle, Isadora se sentit touchée par cette attention. Elle songea soudain à Julien. Dans quel environnement aurait-elle vécu, si elle l'avait épousé ? Le jeune homme n'avait pas un sou vaillant et pour la première fois, Isadora se demanda si elle aurait été capable de résider dans un taudis, de vivre d'amour et d'eau fraîche comme on dit.

Un bruit léger qui provenait de la porte principale interrompit le cours de ses pensées.

— Oui, fit Isadora en se redressant, curieuse de connaître sa nouvelle femme de chambre.

Cette dernière entra à pas de loups, avant de refermer le battant derrière elle.

— Madame la comtesse, j'ai l'honneur de vous servir. Je suis ravie de vous rencontrer.

La domestique, qui ne devait pas avoir plus d'une vingtaine d'années, avait débité ces paroles d'une traite avec sa petite voix toute fluette. On sentait qu'elle ne voulait pas faire mauvaise impression et qu'elle s'était récité plusieurs fois ces quelques mots, pour ne pas se tromper le moment venu.

Elle se tenait tête baissée, les mains croisées sur son tablier fraîchement repassé. Ses cheveux blond filasse, son regard bleu pâle sans éclat particulier, ses joues rondes et pleines, son corps massif, tout en elle indiquait la fille de ferme. Son côté un peu gauche plut tout de suite à Isadora. Un grand sourire s'afficha sur le visage de cette dernière.

— Comment te prénommes-tu ?

— Louison, répondit celle-ci en relevant la tête.

Au fond d'elle-même, la femme de chambre était rassurée de constater que sa maîtresse n'avait pas l'air si méchante que cela. Certains domestiques prétendaient que l'épouse du comte semblait hautaine et méprisante. Selon leurs termes, cela promettait. Mais le sourire d'Isadora était franc.

Louison s'avança vers elle.

— Puis-je vous aider à vous préparer pour la nuit, Madame ?

À ces mots, le sourire d'Isadora s'évanouit. Une lueur de désespoir passa fugitivement dans son regard émeraude.

Oh, mon Dieu, elle est terrorisée ! pensa la femme de chambre qui éprouva aussitôt de la pitié pour la comtesse.

Avant d'entrer au service de monsieur de Roséne, Louison était tombée amoureuse d'un fils de fermier. Il lui avait promis monts et merveilles, mais avait quitté ensuite la région pour découvrir le monde. Depuis, la jeune fille n'avait reçu aucune nouvelle. À présent, il restait le soulagement de n'avoir pas cédé à ses avances. Si elle s'était retrouvée mère à dix-sept ans, le conte de fées aurait tourné au tragique. Évidemment, cela arrivait bien souvent dans la société paysanne. Dans le meilleur des cas, Louison aurait convolé avec un homme qu'elle n'aimait pas. La vie était déjà assez dure pour les fermiers, alors si en plus les sentiments amoureux n'étaient pas au rendez-vous...

Louison s'était donc présentée au château pour obtenir une quelconque place de femme de chambre. Quand on lui avait proposé cet emploi auprès de la nouvelle maîtresse des lieux, elle n'avait pas hésité une seule seconde. Pour la jeune fille, c'était une chance et elle entendait bien la saisir. Cependant, elle comprenait la comtesse, qui ne semblait pas amoureuse de son époux. La domestique s'en était vite aperçue en scrutant de loin, tout au long de cette journée, la belle mariée au visage sévère.

Louison se dirigea vers l'armoire et ouvrit la lourde porte de chêne. Elle avait elle-même rangé les affaires d'Isadora, et savait par conséquent où trouver la magnifique chemise de nuit en soie blanche ajourée de dentelles, prévue pour le soir des noces. Émerveillée par la finesse du tissu, elle s'en saisit délicatement et la déposa avec soin sur le lit.

— Voulez-vous faire un brin de toilette ? demanda-t-elle en se tournant vers Isadora.

Cette dernière acquiesça, avant de se diriger lentement vers le broc placé sur la coiffeuse.

Louison aida Isadora à se dévêtir. Lorsque celle-ci fut en petite tenue, la femme de chambre attrapa l'éponge dans la cuvette et l'essora. Intérieurement, elle se félicita, car l'eau était encore tiède. Elle l'avait porté brûlante juste avant l'arrivée d'Isadora. Elle entreprit ensuite de laver le cou de sa maîtresse. Mais celle-ci arrêta son geste.

— Laisse, je peux le faire moi-même, dit-elle doucement.

Elle détestait que quelqu'un d'autre s'occupe de sa toilette, elle n'avait besoin de personne. Son corps lui appartenait. C'est à peine si elle tolérait que l'on brosse et coiffe ses cheveux. Sans ces boucles folles et indisciplinées, elle s'en serait chargée elle-même.

Après ses ablutions, Isadora enfila rapidement la jolie chemise de nuit préparée par sa bonne. Elle frissonna sous le tissu léger. Louison l'aida ensuite à revêtir le peignoir assorti. Enfin, Isadora se retrouva assise sur le pouf moelleux devant la coiffeuse.

Louison dénoua la longue chevelure auburn de sa maîtresse. Malgré elle, la jeune fille ne put s'empêcher d'envier Isadora pour cette opulente masse de boucles. Elle aurait aimé en posséder une aussi volumineuse avec mille reflets chatoyants. Puis cette peau laiteuse, cette bouche sensuelle aux lèvres pleines, ce regard couleur d'absinthe qui, selon son humeur, pouvait devenir si sombre.

Louison se reprit. Elle n'allait quand même pas jalouser la comtesse. Ce n'était pas correct et vraiment stupide. Elles ne faisaient pas partie du même monde, cela ne servait à rien de prendre ombrage des hasards de la naissance. La jeune domestique en était convaincue. Elle chassa toutes ses pensées idiotes de son esprit et coiffa sa maîtresse.

Isadora se laissait faire, amorphe, le regard fixé sur ses mains longues et fines. Quand Louison posa la brosse en argent sur la coiffeuse, la comtesse sursauta. Elle suivit des yeux la femme de chambre qui rabattait à présent la couverture, avant de s'occuper du drap de lin beige, qu'elle ouvrit des deux côtés. Ensuite, Louison tira les lourds rideaux.

La gorge serrée, Isadora la regardait s'agiter. Une page de sa vie semblait se tourner et ce futur un peu trop inconnu vers lequel elle s'acheminait l'angoissait terriblement. Malgré le feu de cheminée, elle se sentit soudain glacée et se précipita sur son lit. Elle s'enfouit sous le duvet jusqu'au menton comme pour se protéger.

Louison avait l'impression de voir une petite fille qui se cachait, non une femme. Elle se souvint de cette soirée d'après bal, où son amoureux, puant le vin, avait voulu forcer son intimité avec des gestes brusques. Une horrible peur l'avait alors étreinte. Heureusement, elle avait évité le pire grâce à sa volonté farouche et des bruits de voix qui se rapprochaient.

En souriant, Louison demanda à sa maîtresse si elle avait encore besoin de ses services. Isadora secoua la tête en signe de dénégation, trop émue pour parler.

Alors la domestique lui souhaita une bonne nuit et sortit de la pièce. Une fois dans le couloir, Louison soupira. La comtesse paraissait si naïve, si frêle. Mais c'était la vie !

Terrorisée, Isadora tremblait. À présent, le comte allait revenir. Le jour même, la mère de la jeune femme avait tenté, avec des mots maladroits et en rougissant fortement de lui expliquer ce que réservait la nuit de noces à une dame. Malheureusement, tout n'était pas clair dans la tête de la belle, surtout en ce qui concernait le lit conjugal et le fait d'appartenir pour de bon à son mari...

Aussi l'attente était-elle insupportable. Une part d'elle-même souhaitait connaître le dénouement, mais l'autre ne le voulait pas du tout. Isadora guettait la porte de communication entre les deux chambres qui tardait à s'ouvrir et son cœur battait à tout rompre.

Quand la poignée s'abaissa, Isadora s'enfonça un peu plus au fond des draps.

Théophile de Roséne, vêtu d'un peignoir d'intérieur couleur bordeaux, pénétra dans la pièce à pas feutrés. Un léger sourire apparut sur son visage à la vue de la jeune femme enfouie sous les couvertures.

Elle n'avait pas conscience du tableau charmant qu'elle offrait, à la lueur de la bougie posée sur la table de chevet. Avec ses boucles soyeuses éparses sur l'oreiller, ses longs cils qui ourlaient ses paupières et marquaient la cadence de l'émoi de son cœur.

Lorsque le comte ôta sa robe de chambre, Isadora rabattit le drap sur sa tête. Il était hors de question de le regarder, cela l'impressionnait trop. Elle avait beau avoir lu quantité de romans d'amour, rien ne laissait présager la suite des événements.

Elle entendit le craquement du lit, comme Théophile se couchait près d'elle. Un long frisson courut le long de sa colonne vertébrale. Ses jambes tremblaient et une boule s'était nouée dans sa gorge. Son cœur menaçait d'exploser.

D'un geste habile, le comte découvrit la tête de son épouse. Celle-ci le regarda, l'air outragé. Sans dire un mot, il effleura l'ovale de son visage. D'un doigt, il dessina le contour de sa bouche.

Isadora, malgré elle, se sentit troublée.

Alors que Théophile détachait les boutons de nacre de sa chemise de nuit, un drôle d'émoi envahit le corps de la belle. Elle n'aimait pas le comte, mais sa façon de la caresser éveillait des sensations encore inconnues de la jeune femme. Quand les mains expertes de son époux glissèrent vers ses seins, le souffle d'Isadora s'accéléra.

Avec Julien Mairan, ils s'étaient quelquefois embrassés. Elle avait trouvé cela agréable. Mais là, ce qu'elle ressentait était sans commune mesure.

Quand son mari entreprit d'ôter, avec toute la délicatesse dont il était capable, la tunique en dentelle qui protégeait un tant soit peu sa pudeur, elle tenta faiblement de résister, mais Théophile eût tôt fait de mater la rébellion naissante en déposant une pluie de baisers dans son cou.

Entièrement nue, Isadora se sentit terriblement gênée.

Théophile la contemplait, ému au plus profond de son être, à la vue du corps parfait et tout en courbes de sa jeune femme. Il n'avait jamais douté de sa beauté, néanmoins, l'avoir sous les yeux était un délice inouï. Il ne put résister et se pencha pour déposer de légers baisers à la base du cou de son épouse, tout en continuant ses douces caresses.

Une chaleur diffuse envahit Isadora comme un raz de marée. Elle ne savait si elle voulait qu'il cesse ce supplice exquis ou bien qu'il poursuive.

Le souffle court, il fit une pause et la regarda. Elle était prête à défaillir. Mais Théophile reprit la lente investigation de la chair d'Isadora. Celle-ci gémit, au bord de l'extase. Inconsciemment, elle s'accrocha aux cheveux de son mari. Elle eut un moment de panique lorsqu'il la pénétra, ressentant une douleur fulgurante à un endroit inconnu d'elle-même. Mais peu à peu, la souffrance céda la place à un plaisir diffus, la projetant dans un univers coloré, éblouissant.

Quand Isadora se réveilla le lendemain matin, elle était seule dans le lit. Le souvenir de cette nuit lui revint en mémoire, ce qui eut pour effet de lui mettre le feu aux joues. Une impression de faim terrible l'assaillit alors. Elle sonna, afin qu'on lui apporte son petit-déjeuner. Il est vrai qu'elle n'avait guère mangé la veille. Aujourd'hui, elle se sentait un appétit d'ogre.

Assise, la jeune femme se cala contre les oreillers de dentelles, puis lissa le drap par-dessus ses jambes.

Peu de temps après, Louison arriva avec un plateau d'argent sur lequel était disposée une tasse en porcelaine finement décorée emplie à ras bord de thé parfumé. Une assiette garnie de muffins, ainsi qu'un petit pot de confiture accompagnait la boisson chaude. Un soliflore orné d'une rose couleur grenat agrémentait l'ensemble.

Aux anges, Isadora pensa soudain que c'était la première fois qu'on lui apportait le petit-déjeuner au lit et elle n'était point malade. D'habitude, c'était le privilège de sa mère. Elle sentit son cœur se gonfler, car elle était désormais une dame avec tout ce que cela impliquait.

Louison déposa délicatement le plateau devant sa maîtresse, tremblant secrètement à l'idée de renverser quelque chose. Ensuite, elle tira les lourds rideaux de lin, révélant un beau ciel bleu. Puis elle repartit avec le broc à la cuisine, afin de le remplir d'eau bien chaude pour la toilette de la comtesse.

Quand elle revint, Isadora terminait son petit-déjeuner et Louison put constater qu'elle n'avait pas laissé une miette de son repas. La jeune bonne pensait retrouver la nouvelle épousée complètement abattue, alors que c'était tout le contraire. Elle ne put s'empêcher de sourire à la vue de la mine réjouie d'Isadora.

En voilà une, songea Louison, *dont la nuit de noces n'a pas été épouvantable.*

Isadora poussa le plateau à côté d'elle et sauta du lit.

— Coiffe-moi vite, ma Louison. Je ne veux pas que l'on dise que je suis une paresseuse.

Louison sourit sans mot dire. Il était déjà neuf heures, elle-même était levée depuis six heures du matin. Mais la bonne était heureuse de la fougue de sa jeune maîtresse. Elle espérait que cela allait durer, que la comtesse ne deviendrait pas un mollusque pomponné, comme certaines patronnes, dont lui parlaient d'autres femmes de chambre qu'elle rencontrait au marché.

Isadora procéda à une toilette rapide, puis demanda à Louison de la coiffer d'un chignon tout simple. Lorsque ce fut terminé, pas assez vite à son goût, elle se leva et ouvrit l'armoire pour choisir elle-même sa tenue. Hésitant un moment, elle se décida enfin pour une robe en taffetas vert qui, elle le savait, mettrait son teint de porcelaine en valeur tout en faisant ressortir la couleur de ses yeux. Elle voulait être à son avantage, car elle devait rencontrer l'ensemble du personnel qui œuvrait au manoir. Et dans la journée, certaines dames lui rendraient des visites de courtoisie également.

Elle se tourna vers Louison pour obtenir son approbation.

— Parfaite, madame la comtesse, celle-ci est parfaite pour ce matin.

Isadora fit la grimace. Si seulement une femme ne devait pas se changer dix fois par jour.

Louison continua.

— Vous allez avoir une rude journée, pour sûr. Beaucoup de personnes se présenteront pour vous cet après-midi, à l'heure du thé.

Elle n'ajouta pas ses pensées intimes. En effet, le lendemain des noces, beaucoup de commères s'empressaient de venir découvrir la tête de la mariée après la fameuse première nuit, et non pour la féliciter ou par simple courtoisie. Si toutes croyaient trouver une jeune femme effondrée, étant donné l'attitude de cette dernière le jour de son union, alors une surprise de taille les attendait.

Isadora poussa un profond soupir qui n'échappa guère à Louison.

— Toutes ces vieilles pies vont me faire l'honneur de se déplacer pour me voir, je m'en réjouis d'avance !

Elle comprit soudain qu'elle avait parlé à voix haute. En rougissant, elle croisa le regard amusé de Louison, qui baissa les yeux tout en se disant que décidément, le caractère de la comtesse lui plaisait beaucoup.

Cette dernière songeait qu'elle devrait contrôler ses paroles dorénavant, ce qui d'ores et déjà lui paraissait une tâche fort difficile. Ce n'était guère drôle de devenir femme ! Du jour au lendemain, on vous propulsait Comtesse ou autre, avec toutes les obligations qui en découlait, alors que vous n'aviez qu'une envie, vous divertir ! Bien sûr, toute l'éducation normalement reçue devait vous aider à tenir votre rôle. Mais à dix-sept ans, on avait autre chose en tête que prendre le thé avec de vieilles bigotes.

Isadora avait hâte de retrouver son mari, à sa plus grande surprise. L'air de rien, elle s'adressa à Louison.

— Monsieur le comte est-il debout ?

Légèrement amusée, Louison haussa un sourcil.

— Oh oui, Madame ! Monsieur se lève toujours aux aurores. Il s'occupe généralement des chevaux, puis parcourt son domaine ensuite.

— Des chevaux ! reprit Isadora en se tournant vers elle. N'est-ce pas là le rôle du palefrenier ?

— Oui, Madame. Mais Monsieur adore prendre soin de ses bêtes, particulièrement de son propre étalon. D'ailleurs, il ne laisse personne d'autre s'en approcher !

Ainsi, le comte de Roséne aimait ces nobles animaux. Isadora songea que cela leur faisait un point en commun.

En effet, la jeune femme les appréciait tout autant. Malheureusement, sa mère en avait une peur bleue. Enfant, elle avait eu un terrible accident qui l'avait tenue immobilisée durant de longs mois. C'est la raison pour laquelle madame Renoldi n'avait jamais autorisé sa propre fille à monter à cheval, au grand dam d'Isadora. Cette dernière avait bien tenté de se tourner vers son père, mais celui-ci s'était rangé du côté de son épouse, plus pour avoir la paix que par conviction.

Une idée s'empara soudain d'Isadora qui la fit frissonner malgré la chaleur de la pièce. Elle s'approcha le cœur battant de l'armoire encore ouverte et fouilla frénétiquement parmi ses nouvelles robes, sous l'œil stupéfait de la bonne.

Sans crier gare, Isadora poussa un cri de triomphe en brandissant une jupe longue et ample, retroussée sur un côté, qu'elle tendit à Louison pour saisir ensuite une chemise à jabot blanc, ainsi qu'une veste noire.

— Vite Louison ! Aide-moi à enfiler mon corset.

Celle-ci la regarda d'un air ébahi.

— Madame compte monter à cheval ce matin ?

Le rose aux joues, Isadora s'agita.

— Oh oui ! Dépêche-toi, ma fille !

En moins d'un quart d'heure, Isadora s'était vêtue et coiffée d'un haut-de-forme sombre pour femme. Elle se précipita à l'extérieur de sa chambre, puis dévala les escaliers d'une façon fort peu seyante de la part d'une dame.

En bas des marches, elle manqua renverser Théophile. Celui-ci la retint en souriant.

— Eh bien, ma chère ! Que vous arrive-t-il ? Pourquoi fuyez-vous donc ?

L'air déçu d'Isadora n'échappa guère au comte. Elle prit un ton boudeur.

— Je pensais que vous étiez aux écuries.

Amusé, son époux leva un sourcil. On aurait dit une enfant se désolant devant le spectacle de son jouet cassé.

— J'y étais, en effet.

Soudain, Théophile remarqua que sa douce moitié portait le costume d'équitation qu'il avait spécialement choisi pour elle, lors d'un voyage à Paris. Il planta son regard dans le sien, un sourire au coin des lèvres.

— Aviez-vous dans l'intention de monter à cheval ?

Le visage d'Isadora s'illumina.

— Oh, je vous en prie ! Je pensais que vous pourriez m'apprendre. Ma mère refusait que l'on me donne des leçons, mais maintenant que je suis une dame mariée, je peux décider moi-même, n'est-ce pas ?

Monsieur de Roséne écarquilla les yeux. Il craignait de retrouver une jeune femme apeurée par sa nuit de noces ou pire, toujours en colère. La veille, l'attitude d'Isadora ne lui avait guère échappé, étant donné qu'il savait fort bien qu'elle ne l'avait pas épousé de son plein gré. Or voilà qu'il découvrait une compagne enthousiaste. Cela le réjouissait d'autant plus. De surcroît, elle aimait les chevaux. C'était une bonne nouvelle, car cela risquait de les rapprocher sans aucun doute.

— Très bien, ma chère ! Qu'attendons-nous pour faire connaissance avec mes fidèles destriers ?

Sur ce, Théophile lui tendit son bras droit, qu'elle prit avec entrain en affichant son plus beau sourire. Le comte sentit son cœur bondir dans sa poitrine. Elle était superbe lorsqu'elle souriait, et c'était bien la première fois qu'elle daignait lui accorder ce privilège.

Théophile de Roséne était tombé amoureux de la jeune femme dès le premier regard. Il adorait ses boucles soyeuses aux mille reflets mordorés, ses yeux qui oscillaient selon son humeur, entre le vert absinthe et le gris ardoise et son visage à l'ovale parfait, à la blancheur d'albâtre. Et ce corps, qu'il supposait splendide et qui avait tenu ses promesses.

Isadora était une femme superbe et il était fier d'être son époux, lui, le célibataire invétéré. Évidemment, il aurait préféré qu'elle tombe amoureuse de lui. Mais il espérait qu'après le mariage, elle oublierait ce Julien, ce poète à deux sous, dont il savait qu'elle s'était entichée. C'est pour cette raison qu'il avait précipité leur union. Le comte ne voulait pas que l'élue de son cœur puisse se donner à un autre.

Dans un moment d'égarement, tout pouvait arriver...

Après lui avoir fait visiter l'écurie, Théophile choisit pour Isadora une magnifique jument alezane, avec une balzane blanche sur le membre inférieur avant, dont le caractère doux et paisible convenait parfaitement à une cavalière débutante.

Isadora l'aima aussitôt.

— Comment s'appelle-t-elle ? demanda-t-elle en lui caressant l'encolure.

— Princesse, répondit le comte, accoudé à la barrière du box.

La jeune femme fit une moue expressive.

— Je la baptise... Princesse Aphrodite. Je trouve que cela lui sied à merveille, annonça-t-elle sur un ton péremptoire.

Elle passa devant la jument et la flatta entre les deux oreilles.

— Que penses-tu de Princesse Aphrodite ? Est-ce que ce nom te plaît ?

Alors, comme pour approuver Isadora, la bête agita la tête de haut en bas.

Enchantée, Isadora se tourna vers son mari.

— Vous voyez, elle aime déjà !

Un rire secoua Théophile. Même les chevaux appréciaient la nouvelle comtesse.

— Bien, il est temps de prendre votre première leçon, annonça-t-il en se redressant.

Lorsque le palefrenier eut préparé la jument sous les yeux impatients de sa future cavalière, Théophile mena l'animal dans le pré, situé juste après l'écurie. Son épouse le suivait en sautillant plus qu'elle ne marchait, visiblement aussi excitée qu'une enfant.

— Ici, c'est parfait ! dit le comte.

Il attira la jeune femme contre l'épaule gauche du cheval, en lui faisant remarquer la selle toute neuve, dite à fourche mobile. Cela lui permettrait de monter à toutes les allures, alors qu'auparavant, elle aurait dû se cantonner au pas ou au galop, faute de stabilité au trot. Cette selle était conçue en peau de daim, car moins glissante que le cuir lisse.

Isadora écoutait religieusement son mari, enchantée des détails qu'il consentait à lui donner.

Puis le comte lui indiqua la manière dont sa jambe droite devait prendre appui, s'enroulait autour de la fourche fixe, tandis que la fourche mobile, pommeau le plus bas, s'incurvait par-dessus la cuisse gauche.

— Gardez le bassin bien droit, l'épaule gauche légèrement en retrait. Parfait !

Isadora était impressionnée. Mon Dieu que c'était haut ! Mais elle montait enfin à cheval. À cette pensée, son cœur se remplit d'allégresse. Le souffle court, elle écoutait intensément ce que lui enseignait son mari.

Les mains moites, elle lâcha un peu de rênes comme le lui demandait Théophile. Il lui tendit la cravache, afin qu'elle la place sur le flanc droit de la jument.

— Ne vous crispez pas ainsi, ma chère. Si vous faites exactement ce que je vous dis, vous ne tomberez pas !

Fièrement, elle se redressa.

— Je n'ai pas peur !

— Tant mieux ! Cependant, ne présumez pas de vos forces. Nous allons démarrer au pas. Tirez légèrement sur les rênes.

Quand le cheval avança, Isadora poussa un petit cri. Elle avait l'impression que son cœur allait exploser dans sa poitrine.

Le comte cheminait auprès d'elle, lui expliquant que pour tourner à droite, elle devait tendre doucement la bride gauche.

Isadora, malgré une pointe d'appréhension, s'amusait comme une folle.

— Peut-on la faire trotter ? demanda-t-elle à son mari, les yeux brillants.

Enchanté de son enthousiasme, Théophile secoua néanmoins la tête en signe de dénégation.

— Chaque chose en son temps, ma chère ! Vous pourrez vous entraîner tous les jours si vous le souhaitez, cependant je veux que vous restiez prudente. Monter à cheval est dangereux si on ne respecte pas les règles, un accident est si vite arrivé.

En guise de réponse, Isadora sourit à son mari. Elle était toute prête à lui obéir, car elle ne pouvait oublier le nombre de fois où sa mère lui avait raconté toutes ces heures de souffrances endurées étant enfant, à la suite de son tragique accident.

Le comte sentit une boule lui serrer la gorge. La femme qu'il avait épousée était si belle...

Le soleil miroitait dans ses boucles de miel ambré, qui s'échappaient en masse de son chapeau haut de forme couleur ébène. À cet instant, son regard était d'un vert si pur qu'une émeraude pâlirait de jalousie. Ses joues rosies par l'émotion rehaussaient l'éclat de son visage...

Sans la bienséance, le comte l'aurait volontiers descendue de son cheval pour la culbuter dans l'herbe haute. L'époux sourit à cette idée en se sentant subitement le plus heureux des hommes.

Chapitre 12

L'après-midi fut bien plus ennuyeux pour la comtesse. Tout de même, la tête des quelques femmes venues prendre le thé l'amusa. Elles étaient toutes persuadées de trouver une épouse triste ou d'une humeur pire que la veille. Elles ne s'attendaient certainement pas à découvrir une Isadora rayonnante.

L'expression de madame Renoldi qui était arrivée la première fit sourire sa fille.

— Eh bien, ma chère, vous avez une mine resplendissante ! Quelle différence entre hier et aujourd'hui !

— Oh, mère, je suis si contente ! Le comte, mon mari, m'a offert une jument. Je l'ai appelé Princesse Aphrodite.

À ses mots, la dame se figea et pâlit.

— Avez-vous... l'intention... de monter à cheval ? demanda-t-elle à sa fille d'une voix blanche.

— C'est fait, mère ! J'ai pris ma première leçon ce matin, ajouta fièrement la jeune femme.

Helena se laissa tomber sur un fauteuil, la main sur le cœur.

— Eh bien, vous n'avez pas perdu de temps ! Enfin, vous n'êtes plus sous ma responsabilité désormais. M'autorisez-vous cependant, à vous recommander une extrême prudence ? Ces animaux, ce n'est pas faute de vous l'avoir dit, sont dangereux !

La jeune femme s'agenouilla devant elle et lui prit les mains.

— Voyons, maman, ne vous inquiétez pas. Le comte veille sur moi et m'interdit toute folie. Je vous promets qu'il ne m'arrivera rien.

Des larmes dans les yeux, madame Renoldi serra les doigts de sa fille.

— Je l'espère, mon enfant, je l'espère de tout cœur.

À cet instant, on frappa à la porte et Joseph, le majordome, entra dans la pièce. D'un âge indéfini, le cheveu rare et gris plaqué en arrière et se tenant de façon légèrement guindée, il annonça la visite de madame de BeauRegard et de madame la comtesse d'Horé.

Alors qu'il restait les bras croisés dans son dos, attendant les ordres, Isadora comprit subitement que c'était à elle que venait de s'adresser le domestique, non à sa mère.

— Oh, merci, Joseph ! fit-elle, confuse, faites-les donc entrer, je vous prie.

Le nouveau rôle de maîtresse de maison était assez plaisant après tout. Isadora se sentit soudain importante. Elle se trouvait dans sa demeure et elle recevait comme une personne de son rang.

Ces dames, de la même génération qu'Helena, complimentèrent la jeune femme sur sa mine radieuse. Isadora préféra ignorer les sous-entendus qui se cachaient derrière les phrases pompeuses. En réalité, elle ne se souciait guère de ce que pensaient ces vieilles rombières, et au bout d'un moment, elle s'ennuyait ferme. Malheureusement, il était hors de question de se soustraire à ses hôtes. Le bavardage futile de ces femmes bien nées, qui tournait essentiellement autour du mariage de la belle comtesse, événement majeur du mois, finit de lasser Isadora. Tout en faisant mine de les écouter, elle s'imagina en train de lire un bon roman, assise au pied du chêne qu'elle apercevait de la fenêtre. Elle luttait chaque minute pour réprimer un bâillement révélateur. Quand arriva l'heure tant attendue pour ses invitées de se retirer, Isadora se sentit revivre.

Madame Renoldi partit la dernière, en lui faisant maintes recommandations, surtout à propos des leçons d'équitation qu'Isadora ne manquerait pas de prendre.

Enfin seule, la jeune femme songea alors que de tout l'après-midi, elle n'avait pas vu son mari. Elle ne savait pas où il se trouvait et cela l'intriguait. Elle réfléchit à son propre père. Depuis ses attaques de goutte, il ne bougeait guère de son logis, mis à part pour aller à son club ou pour se rendre chez son notaire. Certes, les deux hommes n'avaient pas du tout le même âge.

Comme elle se préparait pour le dîner, Isadora s'aperçut soudain que, de toute la journée, à aucun moment, elle n'avait songé à Julien Mairan.

Assise devant sa coiffeuse, elle scruta son image dans la glace. Était-elle donc si insensible, que le seul fait de pouvoir enfin monter à cheval lui avait totalement fait perdre de vue son premier amour ? Mais après tout, cet homme se souciait-il d'elle ? Peut-être même l'avait-il déjà remplacé ? À la pensée que Julien puisse se trouver dans d'autre bras que les siens, la jeune femme sentit la colère la submerger. C'était impossible ! Après tous ces mots doux que le poète lui avait susurrés à l'oreille, toutes ses promesses d'un avenir commun, il ne pouvait l'avoir oublié si facilement !

Isadora refoula ses larmes. Comme elle avait été naïve de croire aux paroles de ce bellâtre ! Dans les romans qu'elle lisait, l'amant se serait fait tuer, plutôt que de consentir à laisser l'élue de son cœur se marier avec un autre. En définitive, Isadora comprenait que la réalité était bien différente.

Alors, elle se fit une promesse. Certes, elle n'aimait pas son époux, mais elle ferait tout pour le rendre heureux, car ses sentiments à lui étaient authentiques. Elle le sentait au plus profond de son être. Et peut-être qu'un jour, elle apprendrait à le chérir. Il était hors de question qu'un Julien Mairan lui gâche la vie. Il ne méritait plus une seule pensée de sa part.

Lors du dîner, la comtesse était particulièrement radieuse. Elle fut des plus charmantes auprès de son mari. Ce dernier, quoique ravi, se trouvait quelque peu surpris. Il ne s'attendait pas à un revirement de situation aussi rapide. Au moment où ils s'étaient unis l'un à l'autre, Théophile connaissait l'inexistence des sentiments de cette femme à son égard. Il espérait juste qu'avec le temps, Isadora éprouverait une sorte d'affection pour lui. Son attitude ce soir-là était d'autant plus déconcertante.

D'autres hommes n'auraient pas cherché plus loin, en se réjouissant d'une telle situation, mais le comte de Roséne était de nature suspicieuse. La jeune femme pratiquait-elle un double jeu ? Faisait-elle semblant de lui être agréable pour endormir sa méfiance ? Son vœu le plus cher n'était-il pas de rejoindre son bien-aimé ? Ces horribles questions s'imposaient dans l'esprit du pauvre époux. Il ne pouvait rien y faire. Dieu merci, Isadora était toujours vierge lors de leur nuit de noces. L'idiot n'avait pas su profiter de son aubaine. Cependant, les deux amoureux avaient peut-être envisagé de se retrouver quelque temps après le mariage...

Théophile regarda Isadora, qui lui sourit en retour. Il leva un verre dans sa direction. Elle fit de même en rougissant légèrement, sans soupçonner les pensées exécrables qui tourmentaient son époux. D'ailleurs, même si elle s'en était rendu compte et avait tenté de le rassurer par des propos bienveillants, cela n'aurait-il pas renforcé le sentiment de jalousie qu'éprouvait Théophile à cet instant...

Le comte jugea qu'il serait bon de faire surveiller discrètement sa douce moitié et surtout d'empêcher la venue de ce Julien Mairan. À présent que le doute s'était insinué dans son âme, il serait bien difficile de l'en déloger.

Ce soir-là, quand Théophile rejoignit sa femme, dans la chambre de cette dernière, sa beauté l'éblouit à nouveau. Les cheveux épars sur l'oreiller, elle ressemblait à une poupée de porcelaine. Elle avait pudiquement remonté les draps jusque sous son menton, mais se laissa faire docilement, lorsqu'il entreprit de la déshabiller. Malgré lui, le comte brûlait de lui demander si ce Julien l'avait déjà caressé de cette façon, bien qu'au fond de lui-même, il sût que ce n'était guère probable. Ils n'avaient dû échanger que quelques baisers bien chastes.

Cette bouche aux lèvres vermeilles...

Théophile s'en empara avidement. Il l'embrassa passionnément sans lui laisser de répit. Au bout d'un moment, la jeune femme, d'abord surprise, répondit enfin à son appel.

Lorsqu'il redressa la tête, Isadora le fixa de ses grands yeux verts, l'air ébahi, le feu aux joues.

Il lui fit l'amour comme la veille, avec tendresse. Il sentait Isadora réceptive à ses caresses, car elle s'enhardissait à glisser ses doigts fins dans sa nuque, ses cheveux. Il en était troublé et ravi à la fois.

Après l'extase, elle se blottit dans ses bras.

Le comte aurait pu être le plus heureux des hommes, si de viles pensées ne tourmentaient son esprit...

Au petit matin, Théophile se rendit compte qu'il s'était assoupi auprès de son épouse. Comme un loir ! C'était bien la première fois qu'il passait la nuit entière aux côtés d'une femme.

Isadora dormait encore profondément.

Il essaya de pousser délicatement le bras qu'elle avait posé en travers de sa poitrine, mais le léger mouvement qu'il fit la réveilla.

Elle se redressa sur un coude.

— Sommes-nous déjà le matin ?

Comme elle prononçait ces paroles, elle s'aperçut avec effroi de sa totale nudité. Elle émit un petit cri, en rabattant le drap sur elle.

Théophile sourit, car ses rondeurs, révélées par le filet de lumière qui se faufilait entre les rideaux, l'avaient ébloui. Il en aurait bien profité, s'il n'avait craint d'effaroucher sa jeune épouse avec ses ardeurs matinales. Il déposa un léger baiser sur son front, puis attrapa sa robe de chambre sur le lit pour s'en couvrir rapidement, afin de cacher à Isadora l'état d'une partie de son anatomie qui aurait pu la gêner.

Mais Isadora avait bien d'autres choses en tête.

— Pourrais-je monter à cheval tout à l'heure ? demanda-t-elle d'une voix anxieuse, en fixant son mari.

Un grand sourire s'afficha sur le visage du comte.

— Bien entendu ! Rejoignez-moi dès que vous serez prête. Je vous attendrai à l'écurie.

Il était sur le point de partir, lorsque sa femme l'appela.

— Théophile...

Elle s'aperçut en même temps que son époux, que c'était bien la première fois qu'elle utilisait son prénom.

— Vous ne restez donc pas avec moi ?

Il la fixa avec intensité, avant de répondre d'une voix rauque.

— Il est préférable que je vous quitte pour le moment ! À bientôt.

Et le comte sortit rapidement par la porte de communication.

Isadora s'assit dans son lit, serrant les draps contre elle. Mais où était donc cette fichue chemise de nuit ? Elle la retrouva enfin, perdue au milieu des couvertures, toute froissée. Au moment de l'enfiler, elle ne put s'empêcher de songer que c'était agréable de dormir nue, ce qui la fit rougir. En allait-il de même pour toutes les dames ?

Isadora sonna à toute volée pour appeler sa femme de chambre, espérant ainsi mettre fin aux flots de pensées impures qui lui venaient à l'esprit. Soudain, remarquant le désordre du lit, elle entreprit de lisser les draps et les couvertures. Louison risquait d'arriver d'une minute à l'autre. La comtesse ne pouvait s'empêcher d'être gênée à l'idée de ce que pourrait s'imaginer sa domestique. Enfin, elle s'assit décemment, le dos bien calé contre les oreillers de sa couche.

Lorsque Louison entra dans la pièce, portant le plateau d'argent sur lequel était posé le petit-déjeuner, Isadora croyait s'être confectionné une attitude. Mais le feu qui empourprait ses joues n'échappa pas à la jeune bonne.

Chapitre 13

Les journées de la nouvelle comtesse de Roséne se succédèrent, inexorablement.

Le matin, Isadora prenait une leçon d'équitation. Elle se révélait d'ailleurs une élève particulièrement douée pour cet exercice. Après le déjeuner, elle se reposait dans sa chambre ou bien partait se promener dans la roseraie. Elle aimait discuter avec le vieux jardinier, qui lui apprenait de nombreuses choses sur les fleurs, pour lesquelles elle se passionnait. Puis venaient l'heure du thé et ses sempiternelles visites. Pour Isadora, ce n'était pas le moment le plus agréable de la journée, mais elle s'était accoutumée à l'idée et se tenait maintenant comme une vraie dame, participant même aux conversations.

Sa mère, Helena, était aux anges. La brave femme, qui craignait que sa fille ne soit malheureuse dans cette union imposée, constatait avec plaisir l'air épanoui d'Isadora. Pour cette dame au caractère tendre et facile, son enfant unique désirait sans aucun doute réussir son alliance avec monsieur de Roséne.

Pour Helena, il était d'autant plus inenvisageable d'avouer à Isadora sa rencontre avec Julien Mairan. Elle avait croisé le jeune poète en ville au moment où elle sortait de chez le notaire. Son mari l'avait chargé d'une course pour l'homme de loi, car il souffrait d'une attaque de goutte.

L'ancien soupirant de sa fille l'avait supplié de lui arranger une entrevue avec Isadora. Il tenait à lui expliquer la raison de son silence et le motif pour lequel il n'avait pas empêché les noces.

Madame Renoldi lui avait ri au nez. Ensuite, elle lui avait ordonné de ne plus jamais tenter de revoir Isadora, car il était hors de question pour Julien de s'immiscer dans une union qui convenait parfaitement à Isadora. En effet, la fortune du comte lui assurait un avenir paisible, ce qu'un pauvre versificateur ne pourrait jamais lui offrir.

Sur ces bonnes paroles, la mère de la comtesse était montée d'un air digne dans sa voiture en donnant la consigne du départ au cocher.

Cette dernière se félicitait encore de cette action, car depuis personne n'avait croisé le chemin du damoiseau. On murmurait qu'il avait quitté la région pour s'embarquer sur un bateau, sans conviction aucune.

Dès lors, quand madame Renoldi rendait visite à sa fille, quatre ou cinq fois par semaine, elle constatait avec joie qu'Isadora était de plus en plus rayonnante.

Pourtant, un matin, Isadora se réveilla malade. Elle tenta de se lever pour se servir un peu d'eau, mais la tête lui tournait. Elle se recoucha aussitôt, au bord de la nausée. La jeune comtesse essaya de se remémorer ce qu'elle avait mangé la veille, qui lui barbouillerait ainsi l'estomac, mais elle n'arrivait même pas à s'en souvenir. Elle saisit la sonnette pour appeler sa femme de chambre.

Louison survint peu après, portant le petit-déjeuner.

La vue et l'odeur des petits pains qu'Isadora adorait d'ordinaire lui firent monter aux lèvres un haut-le-cœur brutal, qu'elle tâcha de refréner en plaquant l'une de ses mains sur sa bouche, avant de se lever à la hâte et de courir vers sa cuvette de toilette en porcelaine.

Louison resta surprise un instant, avant de poser le plateau sur le lit.

— Madame, que se passe-t-il ? Vous ne vous sentez pas bien ?

Sans attendre de réponse, elle dégagea le front de sa maîtresse, en poussant sur le côté les lourds cheveux auburn.

Isadora soupira.

— J'ai... tellement envie de... vomir, articula-t-elle péniblement.

Malgré son jeune âge, Louison ne mit qu'une fraction de seconde à comprendre.

Cependant Isadora se redressait déjà, les yeux rouges.

— Je crois... que nous devrions appeler le docteur Barti, j'ai... j'ai dû manger quelque chose... qui ne passe pas.

— Bien, Madame. Je vais de ce pas le faire prévenir. Mais avant, je vais vous enlever tout ça.

— Merci, ma Louison. Avant de partir... la fenêtre, cette odeur de nourriture...

Isadora n'acheva pas et retourna se coucher en évitant de regarder les victuailles qui étaient encore posées sur son lit.

Louison ouvrit rapidement la croisée et s'empara du plateau, avant de sortir dans le couloir. Une fois la porte refermée derrière elle, la jeune femme de chambre ne put s'empêcher de sourire. On ferait prévenir le médecin, bien sûr, mais elle n'avait pas besoin de lui pour être certaine que la comtesse allait bientôt avoir un bébé.

Quelques heures plus tard, le docteur Barti descendait pesamment l'imposant escalier de chêne massif, en bas duquel l'attendait, bouillonnant d'impatience sous son apparence calme, monsieur de Roséne.

— Eh bien, mon cher comte... dit le praticien en s'épongeant le front, car le moindre de ses mouvements causait à son opulente personne d'intenses efforts, votre femme va tout à fait bien !

Théophile haussa les sourcils.

— En êtes-vous certain ?

— Aussi certain, Monsieur, que les petits désagréments dont souffre votre dame disparaîtront d'ici quelques mois !

— Quelques mois ! répéta ce dernier sans comprendre.

— Eh oui, d'ici peu, vous allez être père !

Sous le choc, le cœur du comte s'emballa.

Un enfant, il aurait bientôt un enfant !

— Docteur, quelle merveilleuse nouvelle !

— Je sais, fit en riant monsieur Barti. Bien, allez donc embrasser votre femme, je reviendrai la voir dans quelques jours.

Le comte ne se le fit pas dire deux fois, et après avoir serré fébrilement la main du médecin, il grimpa rapidement l'escalier.

Isadora, accoudée à la fenêtre, regardait le paysage surmonté d'un ciel d'un bleu majestueux. Maintenant qu'elle savait ce qu'il en était, elle se sentait bizarre et s'en voulait un peu d'éprouver, malgré elle, des sentiments contradictoires. Certes, elle était heureuse d'attendre un enfant, mais en même temps, elle se trouvait... si jeune. Elle pouvait dire adieu à l'insouciance et à une certaine forme de liberté. En effet, dès qu'elle serait mère, elle devrait s'occuper d'un autre être qu'elle-même. En était-elle capable ? Durant tous ces mois, elle n'avait même pas envisagé un seul instant la possibilité d'une grossesse. La réalité l'avait rattrapé sans qu'elle l'ait vraiment désiré. Isadora se rendait compte à présent qu'elle n'était absolument pas maîtresse de son destin.

Un léger coup sur la porte la tira de ses pensées.

— Entrez, fit la jeune femme d'une voix fluette.

Le comte de Roséne pénétra dans la pièce. Un air radieux s'affichait sur son visage.

Isadora en fut touchée.

— Ma chère épouse, ma prière semble avoir été exaucée.

Isadora battit des cils. Ainsi, son mari espérait qu'elle tombe enceinte. Pourtant, il n'avait jamais abordé le sujet auparavant.

Son compagnon s'approcha d'elle et la prit dans ses bras. Serré contre elle, il enfouit son visage dans les boucles auburn au doux parfum.

Isadora se laissa aller contre Théophile. C'était la première fois qu'en pleine journée, il lui témoignait ce genre d'affection. La jeune femme sentit les larmes lui monter aux yeux. Son cœur battait à tout rompre, et lorsqu'il se détacha d'elle, elle en éprouva aussitôt du regret.

— Nous allons donc avoir un héritier, dit-il d'une voix étonnamment douce.

— Ou une héritière, rétorqua Isadora qui n'avait pas perdu son sens de la repartie.

Le comte de Roséne sourit.

— Bien entendu.

Il caressa son visage et se leva.

— Bon, vous devez vous reposer à présent.

— Oh, mais je me sens bien mieux ! répliqua Isadora avec enthousiasme. Je vais pouvoir prendre ma leçon d'équitation.

Théophile secoua la tête en riant.

— Voyons, ma chère, vous n'y pensez pas ! Désormais, vous ne pouvez plus monter à cheval, c'est bien trop dangereux pour vous-même et notre futur enfant.

Le visage d'Isadora se décomposa.

— Ne plus monter à cheval, mais...

— Il n'y a pas de mais qui tienne, ma bien-aimée. Vous devez vous ménager le plus possible, à l'avenir.

La jeune femme ne put réprimer une grimace.

— Mais je vais terriblement m'ennuyer, renchérit-elle sur un ton boudeur.

Le comte releva le menton d'Isadora.

— Vous trouverez bien d'autres occupations !

Il déposa un léger baiser sur le front de son épouse, avant de se diriger vers la porte. La main sur la poignée, il se retourna et coula un regard attendri vers Isadora.

— Vous ne pouvez savoir à quel point cette nouvelle me remplit d'aise !

Et Théophile sortit un sourire aux lèvres.

Restée seule, la jeune femme soupira. Elle était ravie de cette grossesse, mais elle sentait d'instinct qu'elle risquait de trouver le temps long, très long. Mais elle devrait se ménager pour le bien du bébé.

Isadora sonna Louison. Qu'allait-elle bien pouvoir faire aujourd'hui ?

Madame Renoldi poussa un petit cri et serra sa fille contre elle.

— Oh, comme je suis heureuse ! dit-elle sur un ton ému. Je vais être enfin grand-mère.

Isadora suffoquait dans les bras de sa mère. De plus, le parfum de celle-ci l'écœurait.

— Mère... Maman... je ne peux plus respirer, grommela-t-elle d'une voix étouffée.

Confuse, Helena la lâcha.

— Oh, pardon ma chérie ! Mais... je suis si heureuse !

Décidément, cette grossesse rend tout le monde étrange, ne put s'empêcher de penser Isadora.

— Nous allons tout de suite préparer le trousseau du bébé, continuait la mère de la jeune femme. Un petit comte dans la famille, n'est-ce pas merveilleux !

Isadora se crispa.

— Et si c'est une fille ?

— Oh, ce serait tout aussi bien, mais un héritier resterait l'idéal pour ton mari.

La mine renfrognée, Isadora s'assit sur le sofa à motifs de fleurs.

— Est-ce que mon père aurait préféré un garçon lui aussi ? demanda-t-elle en scrutant le visage de sa mère.

Celle-ci se retourna vivement avant de poser son châle sur l'accoudoir d'un fauteuil.

— Voyons, mais quelle idée ! répondit-elle, d'une voix haut perchée.

Elle rejoignit sa fille sur le divan et lui prit les mains.

— Ton papa était le plus heureux des hommes au moment de ta naissance. Cependant, ce serait tellement merveilleux pour lui d'avoir un petit-fils. Cela nous changerait ! Un petit comte en plus, quelle fierté !

Isadora se sentit à demi rassurée.

Helena lui tapota la main. Elle ne pouvait révéler à Isadora la triste vérité.

En effet, son mari se trouva extrêmement déçu le jour de sa naissance. En apprenant qu'il s'agissait d'une demoiselle, monsieur Renoldi quitta aussitôt la chambre de l'accouchée sans mot dire. Le médecin lui asséna le coup de grâce en lui annonçant que sa femme ne pourrait sans doute jamais plus avoir d'enfants. Les jours suivants, le nouveau père ne chercha même pas à voir la fillette. Pour cet homme dépité, l'espoir de transmettre les clefs de ses affaires à un fils venait de s'envoler.

La jeune Helena avait pleuré toutes les larmes de son corps. À ce souvenir, le cœur de cette dernière se serra douloureusement.

Bien plus tard, pris de remords, monsieur Renoldi s'était enfin intéressé à sa progéniture. La petite atteignait alors sa troisième année. Par la suite, son père se révéla particulièrement attentionné. Il lui offrit tout ce qu'elle voulait, en plus de son affection, souhaitant rattraper le temps perdu par sa faute. À partir de ce moment-là, l'enfance d'Isadora se déroula de façon sereine.

Néanmoins, Helena n'avait pas oublié les premières années difficiles. Elle espérait de tout cœur que l'époux de sa fille ne réagirait pas de la même façon, si cette dernière ne mettait pas au monde un petit héritier mâle. Et si c'était effectivement le cas, elle souhaitait qu'Isadora soit en mesure de lui donner d'autres bébés.

En attendant, il ne fallait surtout pas inquiéter la jeune femme.

— Mon mari m'a interdit de monter à cheval dorénavant ! annonça la comtesse, sur un ton désabusé.

Un soupir échappa à madame Renoldi.

— Dans ton état, c'est tout à fait compréhensible, et d'ailleurs, j'en suis fort aise. Je déteste te voir sur ces animaux !

— Oh, maman, vous et vos frayeurs ! répondit Isadora en soufflant.

— De toute manière, tu dois penser au bébé avant tout. Toute ma grossesse s'est déroulée allongée. Le docteur m'avait expressément ordonné de me reposer le plus possible.

Isadora écarquilla les yeux.

— Jamais je ne supporterai cela !

— Si cela s'avère nécessaire, tu n'auras pas le choix, rétorqua sa mère sur un ton pincé, mais ne t'inquiète donc pas, je suis certaine que tout se passera bien, ma chérie.

Et Helena sonna pour le thé.

Chapitre 14

Comme l'avait prédit la mère d'Isadora, la grossesse de cette dernière se déroula à merveille. Le docteur était ravi de la santé de fer dont était pourvue sa jeune patiente.

Après quelques semaines un peu difficiles, Isadora arborait une mine éblouissante qu'elle garda tout au long de ses longs mois. Elle fit exactement tout ce qu'on lui demandait, et apprécia le fait que tout le monde fut aux petits soins pour elle. La comtesse se promenait, lisait, cousait, brodait, recevait des visites. Jamais elle ne se plaignait, même si souvent, elle rêvait d'interminables balades à cheval, en compagnie de son mari.

Ce dernier la couvrait d'attentions et peu à peu, Isadora sentit un sentiment nouveau s'emparer d'elle. Elle désirait sa présence, se languissait de lui lorsqu'il était absent trop longtemps à son goût. Elle adorait quand il la serrait dans ses bras et fondait comme une guimauve en entendant le son grave de sa voix.

Un jour, tandis que le comte et son épouse se promenaient au bord d'un ruisseau, main dans la main, Théophile s'arrêta soudain et regarda intensément sa jeune femme.

Surprise, elle leva son visage vers lui.

Ému, le gentilhomme chercha ses mots. Il hésitait à poser une simple question, qui pourtant le taraudait.

— Isadora, m'aimez-vous donc un peu ?

À cet instant, elle comprit son trouble et sa gorge se serra.

— Oui, Théophile, articula-t-elle, je vous aime !

Il referma ses bras sur elle. Nulle parole ne peut exprimer l'intensité du sentiment, qui tout d'un coup, le submergea.

Théophile et Isadora vécurent les mois suivants dans l'euphorie la plus totale. La joie d'être bientôt parents s'unissait au bonheur d'être amoureux. À présent qu'elle se savait éprise du comte de Roséne, Isadora adorait d'autant plus l'enfant dans son ventre.

Une seule ombre apparut dans ce tableau idyllique.

Un jour, le docteur demanda aux époux de cesser toute relation physique, afin de préserver le bébé. Isadora, qui se sentait pourtant en pleine forme, eut beau tempêter, elle dut se plier aux exigences du médecin. À partir de ce moment-là, la jeune femme attendit avec impatience l'heure de la délivrance.

Le bébé décida de se montrer par une belle nuit d'été, où les grillons s'en donnaient à cœur joie.

Les cris d'Isadora résonnèrent dans toute la maison lorsque les premières contractions se manifestèrent. Ils furent encore plus stridents, quand on lui annonça que cela commençait à peine. Heureusement, Isadora se calma bientôt, se forçant à être courageuse.

Elle vécut ensuite la journée la plus longue de sa vie...

Helena était présente à ses côtés, ainsi que la sage-femme du village, une dame d'un âge certain, qui avait déjà aidé madame Renoldi à mettre au monde la comtesse. Le docteur Barti avait promis d'être là pour la délivrance.

Tout en épongeant le front de la future mère qui se tordait de douleur, étendue sur son lit, l'accoucheuse se remémorait cette fameuse nuit au cours de laquelle Isadora était née. Il lui semblait que c'était hier et pourtant, c'était il y a plus de dix-huit ans. La vieille dame à l'air revêche regardait cette jeune épouse si frêle, presque encore une enfant, qui paraissait si effrayée. Pour quelle raison les femmes devaient-elles endurer de telles souffrances, si tôt dans leur vie ?

Mon Dieu, faites que ce soit un garçon, pensa la matrone en croisant les doigts derrière son dos volumineux.

En effet, elle se souvenait fort bien de la déception du père d'Isadora, à la vue de sa fille. Elle avait ressenti une profonde tristesse pour la petite à ce moment-là. Son cœur, pourtant endurci par trop d'épreuves, avait saigné, comme elle consolait cette toute jeune maman en la tenant contre son giron. Cette dernière pleurait à chaudes larmes le rejet de son mari et ne comprenait pas pourquoi le ciel refusait désormais de lui accorder d'autres bébés. Helena, déjà orpheline de mère, garda toute sa vie une affection toute particulière pour cette dame qui était restée toute la nuit auprès d'elle.

À présent, c'était au tour d'Isadora de mettre au monde un nourrisson et la sage-femme était à nouveau présente, malgré son âge avancé, tentant tour à tour de rassurer la mère et la fille. Il y avait toujours un risque dans tout accouchement. S'il valait mieux ne pas y penser avant, la douleur plongeait l'esprit dans la peur de ne pas connaître le jour suivant.

Vers une heure du matin, le poupon pointa enfin le bout de son nez. Isadora réunit le peu de forces qui lui restait et poussa vaillamment, comme le lui ordonnait le docteur, arrivé sur place depuis peu.

Au moment de la délivrance, elle ne put retenir un cri déchirant qui retentit dans tout le manoir.

Le comte de Roséne faisait les cent pas dans la bibliothèque en fumant cigare sur cigare. Lorsque le dernier hurlement éclatât, il se figea, le sang glacé. Puis Théophile écrasa rageusement le havane à peine entamé dans le cendrier en bronze installé sur le bureau et sortit en courant dans le couloir.

En bas de l'escalier, l'époux posa un pied sur la première marche et s'arrêta net.

Un silence pesant régnait dans la demeure, plus terrifiant encore que les hurlements résonnant quelques instants plus tôt.

Le comte sentit s'accélérer les battements de son cœur. Une crainte morbide l'envahit peu à peu, tandis qu'un mince filet de sueur glissait le long de sa colonne vertébrale. Sa main droite serra convulsivement la rambarde.

Soudain, un cri strident retentit, suivi aussitôt par des pleurs.

Le bébé !

Il est vivant, pensa Théophile, les larmes aux yeux.

Mû par une brusque énergie, il grimpa quatre à quatre les marches de l'imposant escalier de chêne, avant de se ruer vers la chambre de son épouse.

Au même moment, la porte s'ouvrit et le docteur parut, en bras de chemise, s'essuyant les mains sur une serviette en lin. Il était visiblement en sueur, mais son visage rondouillard exprimait une intense satisfaction, qui n'échappa guère à Théophile.

— Mon cher comte, vous êtes l'heureux père d'un beau garçon, annonça-t-il fièrement.

Théophile sentit son cœur se gonfler dans sa poitrine.

Un fils, c'était un fils !

— Et mon épouse, demanda-t-il vivement, comment va-t-elle ?

— Oh, fort bien, n'ayez crainte ! Exténuée, certes, on le serait à moins. Toutefois, tout s'est déroulé à merveille. Vous pouvez être fier de madame la comtesse, c'est un vaillant petit bout de femme.

Théophile serra la main du médecin.

— Merci, mon ami, merci mille fois.

— Ce n'est rien, ce n'est rien, fit le praticien en tapotant l'épaule du mari, geste qu'il ne se serait jamais permis dans d'autres circonstances, mais qui restait anodin dans l'euphorie du moment.

— Allez donc voir votre épouse, c'est elle que vous devez remercier avant tout.

Le comte pénétra presque timidement dans la chambre. Ce qu'il vit d'abord fut le visage décomposé de sa femme, étendue au milieu de son lit, aussi pâle que la couleur du drap.

Cependant, Isadora lui souriait.

— Nous avons un fils, dit-elle d'une voix qu'il ne reconnut pas.

Le comte n'avait jamais ressenti une telle émotion. Il se pencha et posa un léger baiser sur les lèvres de son épouse. Puis il caressa doucement ses cheveux.

— Merci, ma chérie.

Enfin, il lui prit la main, et elle sentit qu'il laissait dans sa paume un objet froid. Elle baissa la tête et découvrit un magnifique rubis, serti dans un pendentif en forme de cœur, le tout accroché à une chaîne en or.

Les yeux de la jeune femme se remplirent de larmes.

— C'est pour vous, mon amour, lui murmura le comte. Quel piètre présent, en contrepartie du vôtre !

Ils se contemplèrent. Leur regard exprimait une passion brûlante.

Puis ils se tournèrent vers la mère d'Isadora qui se dirigeait vers eux, tenant dans ses bras un splendide poupon emmailloté.

Émerveillé, Théophile s'approcha de l'enfant. D'une main tremblante, il tenta de caresser le visage de son fils. Mais il se sentait gauche et emprunté. Il avait si peur de lui faire mal.

— Allons, prenez-le, l'encouragea Helena.

Avec d'infinies précautions, Théophile saisit le nourrisson.

— Calez le bébé dans le creux de votre bras, ainsi vous lui tiendrez bien la tête, là... Comme ceci, fit madame Renoldi en le lui montrant avec douceur.

Théophile était aux anges. Son premier-né ! Jamais cet homme n'aurait cru pouvoir ressentir un tel bonheur.

— Ainsi donc, voici Victor Théophile de Roséne, dit-il à voix basse, ayant peur d'effrayer l'enfant. Bienvenue, petit Victor, bienvenue.

Le fait que sa femme lui ait donné un fils renforçait-il encore les liens d'amour unissant le comte à son épouse ? Peut-être en aurait-il été de même s'ils avaient eu une fillette. Qui sait ? En tout cas, Théophile de Roséne se trouvait, à ce moment-là, le plus heureux des hommes.

La jeune accouchée se remit doucement. Elle avait décidé, malgré les hauts cris poussés par sa mère indignée, de nourrir elle-même son enfant sans faire appel au service d'une nounou. Peu lui importait son rang, et le fait que cela fut contraire aux conventions de la noblesse. Elle se sentait en fusion avec son fils et ne souhaitait pas le perdre de vue un seul instant. Puisque la nature lui avait donné tout ce qui était nécessaire pour contenter son petit, Isadora entendait bien s'en servir. Jamais la jeune femme ne se serait crue capable de tels sentiments, mais ils existaient réellement.

D'ailleurs, le comte avait abondé dans son sens. Tout ce que désirait son épouse lui agréait. Cette dernière n'avait plus comme seule priorité l'équitation, qu'elle continuait à pratiquer de temps à autre, lors de courtes balades en compagnie de son mari, et uniquement pendant la sieste du bébé. Sans aucun doute possible, le rôle de mère comblait Isadora.

Le petit Victor devenait chaque jour plus fort, plus résistant. Il poussait telle une plante vigoureuse soignée avec amour. La jeune comtesse ne tarissait pas d'éloges à son sujet. La moindre des actions du nourrisson, tout aussi naturelles qu'elles puissent être, remplissait Isadora d'une admiration et d'un orgueil sans bornes. Même prendre le thé en compagnie des vieilles rombières habituelles ne l'ennuyait plus, car elle trouvait là un auditoire attentif pendu à ses lèvres, à qui elle racontait toutes les dernières aventures du pichoun Victor.

Madame Renoldi, sa mère, n'était pas moins fière de son petit-fils. Elle le chérissait tendrement et ne passait pas une journée sans venir le voir. Cet enfant lui avait en outre permis de renouer le dialogue avec son propre époux, qui demandait sans cesse des nouvelles de Victor lorsqu'il n'avait pas l'occasion de lui rendre visite.

Les soirées chez les Renoldi étaient bien différentes à présent. Le mari lisait toujours sa gazette, assis dans son fauteuil préféré, en sirotant une petite liqueur. Sa femme brodait quelque ouvrage, face à lui. Tous deux étaient installés devant un bon feu de cheminée, été comme hiver. Néanmoins, depuis la naissance de leur petit-fils, le comte levait de temps en temps les yeux par-dessus son journal et s'enquérait de l'état de santé de Victor ou des nouveaux exploits accomplis par ce dernier. Helena posait alors sa tapisserie et racontait dans les moindres détails les anecdotes arrivées au bébé.

Ainsi, le temps passe vite lorsqu'on est heureux.

À dix mois, Victor était un enfant costaud, à qui le lait de sa mère avait bien profité et qui tentait déjà, sous le regard émerveillé de sa maman, de se tenir debout.

Théophile, même s'il n'était pas du genre à s'extasier à tout bout de champ comme le faisait son épouse, n'en était pas moins extrêmement fier de son fils. Il observait, le cœur gonflé d'orgueil, Victor se hisser sur ses jambes potelées en s'agrippant aux jupes de la comtesse. La naissance de ce bout de chou avait apporté une animation quasi permanente dans cette demeure, où la vie s'organisait à présent, essentiellement en fonction de sa minuscule personne.

À l'heure des repas, tout le monde se pliait en quatre pour l'enfant. Il n'était pas rare pour celui-ci de se retrouver au milieu d'une véritable cour particulière présidée par sa mère. Cette dernière ne laissait à nul autre le soin de faire manger le petit homme. Puis venait l'heure de la sieste, pendant laquelle plus personne n'osait respirer dans la maison. On entendait à peine les mouches voler, tellement l'endroit était silencieux. Enfin, au réveil de l'enfant, le manoir reprenait vie peu à peu. Alors arrivait le temps du jeu, devenant de plus en plus animé au fur et à mesure que Victor grandissait.

Les deux premières années de l'existence du petit Victor de Roséne se déroulèrent dans ces conditions idylliques.

Quand il fut en âge de marcher, le comte assistait souvent lors de son retour au logis à une scène fort amusante. Avec toute la force octroyée par ses gambettes, son fils courait dans toute la maison, afin d'échapper à Isadora. Cette dernière le poursuivait en relevant tant bien que mal ses jupes. Elle était suivie de Louison la femme de chambre, de temps en temps de la cuisinière, voire du majordome. Le pauvre se plaignait alors que cette activité n'était plus du tout de son âge.

Dans ces moments-là, monsieur de Roséne se sentait béni par le ciel. À présent, il espérait la venue d'un autre bambin.

Isadora le souhaitait également, car bien que Victor occupât la majeure partie de son temps, elle éprouvait l'envie de donner la vie une seconde fois. Bien sûr, une petite fille la comblerait, mais le plus important était que l'enfant naisse en bonne santé.

De temps à autre, Isadora pensait au jour de son mariage. Si à l'époque, on lui avait prédit qu'elle serait très heureuse de son destin, presque deux ans plus tard, jamais elle ne l'aurait cru.

Et pourtant !

Pour Isadora, ce bonheur dépassait l'entendement. Elle en était certaine à présent, elle ne l'aurait jamais connu si elle avait épousé Julien Mairan. Maintenant qu'elle était devenue femme et mère, elle savait que cette vie de bohème offert par le jeune poète ne lui aurait pas convenu. Même si cela restait difficile à admettre, Helena avait raison sur toute la ligne.

Parfois, Isadora se sentait presque coupable de bénéficier de tant de joies. Elle pensait à ces pauvres femmes qui n'avaient pas la chance d'élever leurs enfants décemment, à ces familles qui vivaient dans des taudis. Dans ces moments-là, elle prenait son fils dans ses bras et le serrait fort contre elle, car elle devinait que le bonheur ne dure jamais longtemps...

Consciente de sa bonne fortune, la comtesse était particulièrement attentive au bien-être de son personnel. Notamment de Louison. Bien sûr, cette dernière n'était pas à proprement parler à plaindre, étant donné la bienveillance de ses employeurs. Il n'en restait pas moins que Louison devait travailler pour gagner sa vie, alors qu'elle avait pratiquement le même âge que la comtesse. Sans parler du fait que la jeune domestique se marierait un jour. Dès lors, elle ne connaîtrait jamais la paisible existence menée par Isadora. Bien au contraire, elle devrait travailler plus dur encore pour élever ses enfants.

Aussi, Isadora ne haussait jamais la voix sur Louison ni ne la traitait avec condescendance comme bien souvent elle l'avait vu faire dans certaines familles de la noblesse. Louison, parfaitement consciente de cela, était toujours aux petits soins pour sa maîtresse ainsi que pour le petit Victor.

Quant à Théophile de Roséne, on pouvait dire de lui qu'il était un homme chanceux. Certes, il avait prié pour que son mariage tourne bien, mais jamais au grand jamais, il n'aurait pensé vivre ce bonheur absolu. Tout au fond de lui-même, l'idée que sa femme ne puisse oublier son premier amour le terrorisait alors. À présent, il savait qu'elle avait complètement effacé Julien Mairan de son esprit.

Pour le comte de Roséne, le couple qu'il formait avec Isadora était indestructible.

Chapitre 15

En sueur, Lena ouvrit les yeux. Elle sortait d'un rêve étrange !

La jeune femme s'assit dans son lit et regarda l'heure. Il n'était que six heures du matin. Jonathan n'était pas encore levé, mais le réveil n'allait pas tarder à sonner. Elle soupira, car elle se sentait bizarre et avait un terrible mal au crâne. Repoussant les draps, elle attrapa sa robe de chambre en soie et l'enfila rapidement. Cherchant à tâtons ses pantoufles, elle pesta intérieurement avant de finalement les retrouver sous le lit.

Lena était d'une humeur de chien, il lui fallait un bon café au plus vite. Une fois dans la cuisine, elle s'activa pour préparer son breuvage indispensable du matin. Lorsqu'elle eut terminé, elle saisit un flacon d'aspirine et prit deux comprimés, les jetant d'un geste rageur dans un verre avant d'y ajouter de l'eau. Puis elle s'assit sur une chaise en attendant que les petites bulles disparaissent.

Un peu plus tard, Lena se retrouva seule au manoir. Jonathan venait de partir et monsieur Giovanno et son fils n'étaient pas encore arrivés. Elle ne se sentait toujours pas dans son assiette et même si les pulsations douloureuses dans son crâne s'étaient dissipées, un sentiment bizarre l'avait envahie.

Elle se trouvait à nouveau dans la chambre rose, assise sur le lit, complètement amorphe, quand monsieur Mayeur entra dans la pièce. Le vieil homme crut tout d'abord que la jeune femme était tout simplement fatiguée, mais lorsqu'elle se tourna vers lui, elle avait un regard étrange.

— Je pense... qu'il vaut mieux enlever ce berceau, lui dit-elle à brûle-pourpoint, cela pourrait... ne pas plaire à certains de nos futurs hôtes.

Jacques fixa le petit lit en osier pendant un moment sans répondre.

— Je suppose, dit-il enfin.

— Bien, aidez-moi à le porter jusqu'au grenier.

Lena se leva et agrippa la partie arrière.

L'intendant s'approcha à contrecœur et se saisit de l'autre côté.

La jeune femme le dévisagea, étonnée. Pourquoi rechignait-il ainsi ? Cela n'était pas dans ses habitudes ! C'était un simple lit après tout. Puis, de toute façon, elle n'avait nullement l'intention de s'en servir, si par miracle elle se retrouvait enceinte.

Ils déposèrent le petit meuble en osier blanc tout au fond du grenier, sur une ancienne table en bois qui se trouvait contre le mur.

— Voilà, fit Lena, satisfaite, en se frottant les mains l'une contre l'autre, encore une bonne chose de faite.

Elle se retourna face à un homme au visage blême. Agacée, elle fronça les sourcils.

— Enfin monsieur Mayeur, ce n'est qu'un antique berceau, dit-elle en levant les bras au ciel.

Ce dernier hocha la tête sans répondre.

Ils descendirent tous deux dans le jardin. Jacques devait montrer à Lena comment tailler les rosiers.

La jeune femme voyait bien que l'intendant était contrarié, car il était d'habitude d'humeur joyeuse. Là, il parlait dans sa barbe. Elle ne saisissait pas ce changement aussi inattendu que bizarre, alors qu'elle-même se sentait beaucoup mieux.

Tout d'un coup, elle explosa.

— Monsieur Mayeur, êtes-vous en train de me faire la tête à cause de ce fichu berceau ?

— Ce... il n'a jamais quitté cette chambre depuis... enfin... personne n'y avait jamais touché, articula-t-il à grand-peine, d'une voix blanche.

— Eh bien, maintenant, c'est fait ! rétorqua Lena. Ne croyez-vous pas que c'est le moment de faire table rase du passé ? Nous ne sommes plus au dix-neuvième siècle et cette maison doit vivre avec son temps. J'en ai hérité, alors je fais ce que je veux. Et de toute façon...

Le vieil homme qui écoutait sans mot dire leva les yeux sur la jeune femme. Tout d'un coup, elle avait cessé de parler.

Livide, Lena fixait le manoir.

Vivement, Jacques Mayeur regarda dans cette même direction, cependant il ne vit rien de suspect. Il se retourna vers Lena pour l'interroger, mais le visage de cette dernière exprimait une telle frayeur que les mots moururent sur les lèvres de l'intendant.

Alors qu'elle discutait, Lena avait levé les yeux en direction de la petite lucarne du grenier. Ce qu'elle vit à ce moment-là lui fit dresser les cheveux sur la tête, son échine se hérissa, et un filet de sueur froide coula lentement le long de sa colonne vertébrale.

Une peur, une peur viscérale lui serra la gorge.

Son regard restait rivé sur la fenêtre derrière laquelle se détachait nettement une silhouette.

La silhouette d'une femme qui lui ressemblait trait pour trait... Une dame, vêtue d'une chemise de nuit blanche et dont la chevelure auburn tombait en cascade de boucles sur ses épaules.

Lena ne pouvait distinguer ses yeux, mais elle sentait au plus profond de son être que cette femme la dévisageait d'une façon pas vraiment bienveillante.

Brusquement, Lena s'arracha à cette vision et partit en courant. Elle se précipita à l'intérieur du manoir et grimpa quatre à quatre les marches de l'imposant escalier de chêne jusqu'au dernier étage. Puis elle ouvrit à toute volée le battant qui menait au grenier et se rua dans les ultimes degrés. Elle resta indifférente aux cris de monsieur Mayeur qui la suivait avec peine. Le pauvre ne comprenait rien à ce qui venait de se passer.

Lena s'arrêta net devant la porte de la mansarde. Elle posa une main vacillante sur le bouton de porcelaine blanche. Son cœur cognait tellement fort. Sa course folle en était la cause tout autant que la peur qu'elle ressentait. Cela semblait résonner dans toute la maison.

Lentement, elle abaissa la poignée et ouvrit.

Non, ce n'était pas possible !

Des tremblements envahirent le corps de Lena, ses yeux s'embuèrent et sa gorge se noua. Tétanisée, elle fixait le berceau en osier blanc qui se trouvait à présent au beau milieu de la pièce.

Il se balançait tout doucement !

Jacques arriva enfin, suant et soufflant comme un phoque. Il s'arrêta derrière Lena, toujours figée. Étant plus grand qu'elle, il aperçut lui aussi le petit lit et son sang se glaça à l'instant.

Elle était revenue.

Ils n'auraient jamais dû déplacer ce lit. Chaque fois, c'était pareil.

Alors qu'il s'apprêtait à en parler à Lena, celle-ci s'avança vers le centre du grenier.

— Qu'est-ce que vous me voulez ? cria-t-elle d'une voix haineuse. Essayez-vous de me faire peur ? Pour que je quitte cette maison...

La jeune femme se cogna la poitrine à l'endroit où était son cœur.

— Mais c'est la mienne aujourd'hui !

En disant ces mots, Lena scrutait toute la pièce. Elle était tout près du berceau quand soudain, ses yeux se perdirent à l'intérieur, comme si elle y distinguait quelque chose.

Jacques la vit relever la tête lentement et sourire.

— Oh, mon Dieu, j'ai compris ! fit-elle en se tournant vers lui.

Le regard de la jeune femme était d'une telle intensité que monsieur Mayeur ne put s'empêcher de faire un pas en arrière.

Mais déjà, Lena se détournait.

D'un mouvement rapide, elle souleva le berceau et se dirigea vers la porte, le tenant à bout de bras comme s'il ne pesait rien.

Instinctivement, Jacques s'effaça pour la laisser passer.

Lena descendit lentement les marches, sortit dans le couloir du premier étage, en direction de la chambre rose.

Le vieil homme la suivit à distance et la regarda déposer le lit à l'endroit exact où il se trouvait auparavant. Enfin, la jeune femme revint sur ses pas. L'intendant chercha ses yeux, mais elle ne semblait pas le voir.

Restant à l'intérieur de la pièce, elle referma doucement la porte.

Jacques, demeuré sur le palier, se demanda un instant que faire. Il décida finalement de s'asseoir sur une chaise contre le mur du couloir, face au battant.

Le dos droit, les mains posées à plat sur les genoux, il attendit.

Lena s'installa sur le rocking-chair. Lentement, elle se balança, le regard fixé au loin sur le paysage somptueux qui s'étendait à perte de vue au-delà de la fenêtre.

Au bout d'un moment, elle ferma les yeux.

Chapitre 16

1884

Isadora se réveilla en sursaut. Elle avait la nette impression qu'un bruit étrange venait de la tirer d'un mauvais rêve. Mais au bout de quelques secondes, elle comprit que ce n'était pas un songe. Il y avait bien un bruit. Quelqu'un lançait régulièrement un petit caillou contre le carreau de sa fenêtre.

La jeune femme repoussa les couvertures et se leva. Lorsqu'elle posa ses pieds nus sur le sol, elle frissonna. On était fin avril, mais les nuits étaient encore froides au manoir.

Isadora s'approcha lentement de la vitre. Elle essayait de se réchauffer en se frictionnant par-dessus sa longue chemise de batiste blanche. Se retournant un instant, elle jeta un œil sur Victor qui dormait profondément dans son berceau orné de dentelles, installé au fond de la chambre.

Un sourire se dessina sur le visage d'Isadora. Comme elle l'aimait son petit ange !

Puis, sans faire de bruit, elle écarta les lourds rideaux en lin, ouvrit la fenêtre et se pencha pour voir de quoi il s'agissait.

Une silhouette dans le jardin agita aussitôt les bras.

Isadora cligna des yeux et chercha à distinguer cette personne dans la faible lueur de la lune. Elle eut un haut-le-cœur en reconnaissant Julien Mairan.

Ce dernier lui faisait signe de descendre le rejoindre.

La jeune femme sentit une vague de colère la submerger. De quel droit se permettait-il de venir l'importuner en pleine nuit ? Pourtant, une curiosité aussi soudaine qu'insistante s'empara d'elle. Envisageait-il de lui donner des explications concernant sa conduite odieuse ? Même si elle ne ressentait absolument plus rien pour son ancien amoureux, elle voulait connaître la raison de cette visite pour le moins inattendue.

Isadora lui fit signe qu'elle descendrait dans cinq minutes, puis elle referma doucement la fenêtre. Elle prit sur son lit la robe de chambre assortie à sa chemise de nuit qu'elle enfila rapidement, puis chaussa ses petites mules de soies blanches. Elle songea un instant qu'elle risquait de les salir en allant dans le jardin, mais elle n'avait guère le loisir d'en choisir d'autres. Enfin, elle se dirigea vers la porte.

Alors qu'elle posait la main sur la poignée, elle regarda soudain en direction du berceau. Un sourd pressentiment l'envahissait peu à peu, la mettant mal à l'aise.

Elle revint vers son fils et le considéra un moment. Il était si beau, paisiblement endormi dans sa petite chemise de nuit. Isadora se pencha et lui donna un léger baiser sur le front. Elle caressa ensuite ses longs cheveux bruns soyeux.

En soupirant, la jeune femme s'arracha à la contemplation de Victor. À contrecœur, cette dernière retourna vers la porte et sortit sans un bruit.

Pourvu qu'il ne se réveille pas pendant mon absence... pensa-t-elle, inquiète.

Marchant à pas de loup dans le couloir, elle se retrouva devant la chambre du comte. Hésitante, Isadora marqua un arrêt. Il serait bon de prévenir son mari évidemment. Après réflexion, elle en arriva à la conclusion que si Théophile apprenait la venue du poète, et cela au beau milieu de la nuit, il risquait fort de rudoyer Julien. Certes, Isadora n'aimait plus ce dernier, mais elle ne souhaitait tout de même pas qu'on le malmène. Ce n'était pas dans sa nature.

Elle continua son chemin et descendit lentement les marches de l'escalier, dont les petits craquements raisonnants dans la pénombre la faisaient sursauter.

Quelle idée insensée de vouloir la rencontrer en pleine nuit ! Bien sûr, Isadora comprenait que Julien n'ait pas envie de se présenter au manoir devant son époux, mais de là à venir la voir en cachette ! Pour qui se prenait-il ?

Isadora était de plus en plus agacée. Elle songea à lui dire de revenir à un autre moment et bien évidemment, en plein jour. Toujours sans faire de bruit, elle pénétra dans la bibliothèque, chemin le plus court pour accéder à l'arrière de la demeure. Une pensée incongrue lui traversa alors l'esprit :

Si mère me voyait, elle en ferait une jaunisse !

Elle ouvrit la porte-fenêtre et sortit.

Julien Mairan se précipita aussitôt à sa rencontre et la prit dans ses bras sans même lui laisser le temps de réagir.

Isadora, offusquée, le repoussa violemment.

— Comment osez-vous ? dit-elle sur un ton outré.

Elle recula d'un pas.

— Mais enfin, Isa... balbutia le jeune homme.

— Oh, taisez-vous ! Après tout ce temps, comment osez-vous reparaître devant moi et en pleine nuit de surcroît ? Avez-vous perdu l'esprit ?

— Je sais, j'ai mes torts, mais...

— Pitié ! Épargnez-moi vos excuses !

Le cœur de la comtesse battait à tout rompre. Le voir en face d'elle faisait remonter à la surface toute la colère éprouvée avant son mariage. Elle sentait à présent que nul prétexte ne pourrait trouver grâce à ses yeux.

— Quelle idée absurde que de vouloir me rencontrer à une heure aussi indécente ! reprit-elle en essayant de maîtriser le tremblement de sa voix dû à ce sentiment d'irritation qu'elle ressentait. Vous rendez-vous compte de ce que l'on pourrait croire si quelqu'un m'apercevait avec vous ?

Julien leva son visage en direction des fenêtres du manoir.

— Je vous en prie, venez, implora-t-il en lui tendant la main, allons parler un peu plus loin.

Isadora recula encore.

— Je vous en supplie, insista Julien en joignant les doigts, j'ai tant de choses à vous expliquer. Laissez-moi cette chance en souvenir de notre amour.

La comtesse resserra le col de sa robe de chambre. Elle sentait qu'elle ne pourrait résister longtemps au désir de connaître le but de sa visite. Et surtout, elle voulait comprendre ce qui avait empêché le jeune poète de se manifester plus tôt.

— Allons dans la roseraie, fit-elle de façon soudaine.

Elle avança dans cette direction d'un pas rapide, suivie de Julien qui n'osait cheminer à ses côtés.

Ils arrivèrent près d'un banc implanté au milieu de magnifiques rosiers, sur lequel Isadora avait l'habitude de s'installer pour contempler ses fleurs préférées. Cet endroit offrait une vue plongeante sur la demeure. On ne pourrait donc ni les entendre ni les surprendre, et la comtesse pouvait ainsi surveiller quiconque sortirait de la maison.

Elle s'assit, droite et digne, légèrement frissonnante au contact de la pierre froide. Son beau visage était totalement fermé.

Julien mit un genou à terre et voulut prendre l'une des mains fines et blanches d'Isadora, mais celle-ci la retira vivement.

Le jeune homme soupira.

— Oh, ma bien-aimée, si vous saviez comme je souffre depuis le jour maudit où j'ai appris que vous alliez vous marier !

Isadora eut un petit rire méprisant.

— Alors, pourquoi ne pas être venu me chercher ? N'avoir même rien tenté ?

— Mais ma chérie, la nouvelle est arrivée trop tard. Tout juste une semaine avant que vos noces ne soient célébrées. Le temps que je revienne de Paris et vous étiez l'épouse du comte de Roséne, ajouta-t-il sur un ton amer.

Isadora ne pouvait en croire ses oreilles.

— N'avez-vous donc reçu aucune de mes lettres ?

Julien soupira.

— Je ne sais par quel odieux hasard seulement deux de vos missives me sont parvenues. Une était sans réelle importance et l'autre m'annonçait l'horrible nouvelle. Votre mariage. J'ai quitté Paris aussitôt. Hélas, je suis arrivé trop tard. Qu'aurais-je pu faire ensuite ? Vous étiez l'épouse d'un comte... je ne pouvais rivaliser avec lui en aucune manière. Malgré cela, je vous ai bien observé le soir de votre union.

— Que dites-vous ?

La surprise se lisait sur le visage de la jeune femme.

— Oui, vous sembliez si malheureuse ! Alors je me suis juré de devenir riche le plus tôt possible, afin de pouvoir vous enlever à cet homme. Je sais que votre mariage n'est que pure convention, car vous n'aimez que moi, n'est-ce pas ?

Isadora se sentit abasourdie par de tels propos. Ses yeux s'emplirent de larmes. Julien s'en aperçut et lui sourit, persuadé qu'il ne s'était pas trompé, que la jeune femme le chérissait toujours.

— Mon pauvre Julien, dit-elle soudain, pourquoi n'êtes-vous pas venue me confier vos projets à ce moment-là ?

— Je craignais pour vous, ma chère ! Je ne voulais pas mettre la puce à l'oreille de votre mari. Mon plan devait rester secret pour être encore plus efficace.

Isadora secoua la tête, faisant voltiger ses boucles mordorées.

De la pitié.

À présent, Julien Mairan ne lui inspirait plus que de la pitié.

Elle observa ses beaux cheveux bruns, son regard bleu azur. Il avait fière allure dans son costume tout neuf. Malgré cela, il avait l'air si naïf... si gamin... en comparaison du comte de Roséne.

Le revoir ainsi lui révélait ce qu'elle pressentait depuis longtemps et qui maintenant représentait une certitude. Elle n'éprouvait plus aucun sentiment pour Julien Mairan.

Isadora soupira. Elle était délivrée de son amour de jeunesse, mais à présent, elle devait l'avouer à son ancien galant. Elle sentait confusément que cela ne serait pas chose aisée.

— Ma chérie, fuyez avec moi cette nuit même, proclama d'une voix rauque Julien en s'emparant des mains d'Isadora.

Celle-ci tressaillit en écarquillant les yeux. Comment pouvait-il croire un seul instant qu'elle puisse envisager de s'enfuir avec lui en abandonnant son propre enfant ?

— Julien, ne savez-vous donc pas que je suis mère à présent ?

Le regard du jeune homme se durcit.

— Malheureusement oui, répondit-il d'une voix blanche, cela m'a beaucoup peiné. Mais c'est le fils de Théophile de Roséne. Nous aurons les nôtres, ma chérie.

Isadora sentit son sang se glacer. En un instant, la pitié qu'elle ressentait à l'égard de Julien Mairan s'évanouit à tout jamais. Cet homme qui affirmait l'aimer lui demandait tout simplement de renoncer à son enfant pour partir avec lui. Quelle impudence, quelle prétention aussi de la part de cet individu !

Bien sûr, Julien ne pouvait s'imaginer un seul instant qu'elle puisse à présent éprouver de la passion pour son mari et le fils de celui-ci. Apparemment, il n'avait jamais douté des sentiments d'Isadora à son égard et cette dernière trouvait cela bien présomptueux de sa part.

Cet homme, à genoux devant elle, était vil et méprisable et ne lui inspirait plus que de la répugnance.

Elle dégagea ses mains qu'il serrait toujours. Sa voix se fit glaciale lorsqu'elle s'adressa à lui :

— Pensez-vous donc réellement que je pourrais abandonner mon enfant aussi facilement ? Ne vous êtes-vous jamais posé la question ? Mais pour quel genre de femme au juste me prenez-vous ?

Sous le choc, Julien Mairan ne répondit pas tout de suite, la fixant d'un air incrédule.

— Mais, je croyais...

— Voyons Julien, c'est mon fils, ma chair. Je l'aime, jamais je ne l'abandonnerai.

Lentement, Julien se leva. Ainsi, elle ne voulait pas laisser son petit ! Et l'idée d'élever l'enfant d'un autre répugnait au jeune homme, il ne s'en sentait pas la force. D'ailleurs, cela ne lui était même jamais venu à l'esprit.

Il fixait Isadora avec une telle intensité que celle-ci prit peur.

— Je crois... qu'il vaut mieux que je rentre, fit-elle le souffle court en se levant.

Elle tenta de s'enfuir, mais il l'empêcha de passer.

— Ce n'est pas possible, dit-il d'une voix sans timbre, vous ne pouvez pas me faire subir cela...

Le jeune homme chercha son regard, mais mal à l'aise, elle baissa les yeux.

— Isadora, reprit-il plus fort, j'ai travaillé comme un fou pour vous. Je suis resté sous les ordres de mon oncle, rongeant mon frein jusqu'à ce qu'il me donne ma chance. Aujourd'hui, je puis dire sans mentir que je suis riche, peut-être moins que le comte de Roséne, mais assez pour que nous puissions partir pour l'Amérique. Là-bas, je pourrai vous offrir tout ce que vous désirerez, car j'ai les moyens d'accroître encore ma fortune. Un bateau nous attendra demain soir. J'ai tout prévu, Isadora. J'ai même abandonné la poésie pour vous.

La gorge serrée, Isadora leva les yeux vers lui.

Le jeune homme, croyant qu'elle fléchissait, s'enhardit et continua :

— Je n'ai plus écrit un seul vers depuis votre mariage. Tout cela pour venir vous chercher au plus vite. Je ne voulais pas perdre un instant. Je vous aime tant ! Je refuse de vivre une minute de plus loin de vous !

Des larmes coulaient sur les joues d'Isadora. Elle secoua la tête en signe de dénégation en articulant péniblement :

— Je ne vous aime plus, Julien.

Un violent coup sur le crâne n'aurait pas fait plus de dégâts dans l'esprit du jeune homme. La colère monta en lui comme une vague de fond déferle sur le rivage. Cette femme osait le trahir, l'abandonner. Chaque jour, il n'avait cessé de penser à sa belle et celle-ci l'avait tout bonnement chassé de son cœur. À présent, son Isadora faisait fi de son amour, le foulait aux pieds sans vergogne.

Julien sentit la rage l'aveugler. Dans un éclair, il revit toutes les brimades subies depuis la mort de ses parents quand il avait sept ans. De leur fortune, il ne restait plus un sou. Il réentendit tous les sermons sans fin de son oncle qui le considérait comme un incapable et se moquait ouvertement de son penchant pour la poésie...

En l'espace d'un instant, la passion éprouvée pour Isadora se changea en un sentiment de haine implacable envers cette femme qui le rejetait. Sans bien se rendre compte de ce qu'il faisait, il s'approcha d'Isadora, le regard hagard.

Lentement, il tendit les mains vers cette gorge si blanche.

La comtesse releva les yeux à cet instant et recula d'instinct, mais il fut plus rapide.

Sans un mot, il attrapa le cou si gracile et serra. Il ne vit pas l'air terrorisé d'Isadora, n'entendit pas ses supplications étouffées, ne sentit pas ses ongles le labourer, dans un ultime sursaut pour se dégager.

Julien Mairan avait cédé la place à un monstre sanguinaire agissant à travers lui.

Quand le corps d'Isadora cessa de s'agiter, s'affaissant sur lui-même, Julien reprit soudain ses esprits. Il lâcha avec horreur la dépouille de la jeune femme qui glissa avec un bruit sourd sur le sol.

— Oh, mon Dieu ! fit Julien, hagard. Qu'ai-je donc fait ?

Il tomba à genoux devant le cadavre de celle qu'il avait tant aimée. D'une main tremblante, il tenta de trouver le pouls d'Isadora, mais elle ne respirait plus.

Terrifié, Julien resta là, à fixer les yeux exorbités de sa victime, ne pouvant croire à ce qu'il avait fait et ne sachant que faire à présent.

Quelques personnes l'avaient vu au village. On ferait bien vite le rapprochement entre le jeune homme et l'assassinat de la comtesse. On l'arrêterait, le condamnerait. En supposant qu'il réussisse à s'enfuir, monsieur de Roséne le pourchasserait et le tuerait sans nul doute. Alors que faire ?

Soudain, Julien eut une illumination.

L'étang !

Il se redressa vivement et souleva sans peine le corps d'Isadora. Jetant un coup d'œil apeuré autour de lui, il s'enfonça dans le bois obscur et silencieux, en direction du fameux étang situé sur la propriété.

Une fois au bord de l'eau, dont la couleur aussi sombre que les ténèbres n'invitait guère à s'y aventurer, le jeune homme chercha une grosse pierre. Rapidement, Julien en repéra une qui semblait convenir. Désormais, il ne lui restait plus qu'à trouver une embarcation.

Julien mit peu de temps à découvrir une vieille barque attachée un peu plus loin, n'ayant probablement pas vogué depuis des lustres. Il y déposa sa malheureuse victime, puis le rocher. Non sans difficulté, le jeune homme coupa la corde vétuste retenant la chaloupe au rivage avec le couteau qu'il gardait toujours sur lui pour se prémunir de mauvaises rencontres. D'une main tremblante, il se servit de cette corde pour lier la dépouille d'Isadora à la pierre, dont le poids obligerait le cadavre à rester au fond de l'eau.

Enfin, Julien sauta à l'intérieur de la frêle embarcation, souhaitant de toutes ses forces que le canot ne fût pas percé. Puis il rama frénétiquement jusqu'au centre de l'immense étang. Arrivé à l'endroit prévu, il fit rapidement glisser le corps par-dessus bord, tout en s'efforçant de ne pas regarder le visage congestionné de la jeune femme.

Sous un rayon de lune, il se pencha et considéra le cadavre qui descendait lentement et inexorablement vers le fond glauque de la sinistre étendue d'eau. Malgré lui, il ne put détacher son attention des yeux d'Isadora qui semblaient le fixer avec cet air terrifié, figé par la mort, en lui demandant pourquoi !

La robe de chambre s'était ouverte sur sa longue chemise de nuit de batiste, rendue encore plus blanche dans l'onde trouble et si sombre. Le corps de la jeune femme s'enfonçait, attiré par des bras invisibles. Ses magnifiques boucles auburn flottaient autour d'elle, l'entourant d'un halo de lumière pourpre. Au bout de la chaîne encore attachée à son cou, le rubis du pendentif en forme de cœur semblait briller de mille feux, comme si, aussi étrange que cela puisse paraître, le bijou savait qu'il ne reverrait plus jamais la surface.

Julien Mairan resta longtemps penché au-dessus de l'eau, bien après que le cadavre eut disparu. Au fond de lui-même, il se doutait que la sordide vision de cette femme tant aimée, à jamais engloutie par les flots, demeurerait gravée dans sa mémoire jusqu'à son dernier souffle.

Soudain, le jeune homme éclata en sanglots. Qu'avait-il donc fait ? La vie valait-elle la peine d'être vécue sans elle ?

Au bout de quelques minutes, il se calma et prit les rames. En tremblant un peu, il retourna vers le rivage. Demain, tôt dans la matinée, il s'embarquerait sur le bateau qui devait les conduire en Amérique.

Julien Mairan avait tant désiré cette femme à ses côtés, seul un souvenir tragique l'accompagnerait, bien au-delà de la traversée...

Chapitre 17

Lena se réveilla en sueur, tremblant de tous ses membres.

Lentement, le cœur battant à cent à l'heure, elle se redressa, se leva du rocking-chair sur lequel elle était assise et se dirigea vers la porte de la chambre rose. Ses vêtements trempés d'une transpiration froide lui collaient à la peau.

Elle tourna la poignée et se retrouva face à Jacques Mayeur qui la fixa, les yeux écarquillés.

— Il faut... il faut prévenir la police, articula-t-elle péniblement, il faut draguer l'étang. Il le faut !

Sans comprendre un traître mot de ce que voulait dire la jeune femme, l'intendant hocha la tête en signe d'assentiment.

Il s'approcha d'elle et lui prit le bras.

— Je vais m'en occuper, mais en attendant, je crois qu'une bonne tasse de café s'impose.

Quelques jours plus tard, Lena et Jonathan Deforges, Jacques Mayeur ainsi que toute une équipe de policiers, tous se tenaient non loin du manoir, au bord du grand étang.

Deux plongeurs se relayaient pour explorer le fond de cette étendue d'eau miroitante et silencieuse.

Cela n'avait pas été facile de convaincre la police de lancer une recherche pour retrouver les vestiges d'une femme morte depuis plus d'une centaine d'années, en supposant qu'il subsiste effectivement quelque chose.

Toutefois, monsieur Mayeur avait des amis haut placés. Notamment un ancien inspecteur, originaire du village, qui avait exercé dans la région. L'intendant lui avait exposé les soupçons de Lena à propos de la disparition inexpliquée de madame de Roséne, sans parler des visions de sa descendante. Cela aurait pu paraître pour le moins farfelu aux yeux d'autres personnes. Cependant, l'inspecteur Carletto connaissait bien l'histoire de la comtesse, et ce mystère autour de sa vie l'avait toujours intrigué. Sa propre grand-mère avait vécu au manoir comme femme de chambre tout au début de sa carrière.

Elle s'appelait Louison.

Cette dame avait passé toute son existence à raconter à ses petits-enfants notamment, combien madame de Roséne aimait son fils, ainsi que son mari Théophile. Pour cette femme pieuse et simple, l'idée même que la comtesse ait pu abandonner son enfant était inconcevable.

Après la disparition d'Isadora, Louison s'était occupée tant bien que mal, vu l'atmosphère régnant au manoir, du petit Victor. Cependant, Louison n'avait jamais songé au lac. La pensée que sa maîtresse ait pu se noyer était invraisemblable. En effet, pourquoi une dame de sa condition se serait-elle aventurée la nuit, toute seule, près de cette grande étendue d'eau ? Elle s'en méfiait déjà assez en pleine journée. Non, pour Louison, il s'agissait d'un enlèvement.

Quelques années plus tard, lorsque la femme de chambre se maria et devint maman, elle fut d'autant plus convaincue que la comtesse de Roséne n'avait pas lâchement abandonné son petit garçon.

L'inspecteur avait entendu cette histoire toute son enfance. Même si les gens se moquaient un peu de sa mamie Louison, son petit-fils était persuadé que sa version des faits était probablement la bonne.

Toutefois, l'idée d'une noyade avait bien souvent effleuré l'esprit de monsieur Carletto. Mais il n'avait jamais osé en parler à Victor de Roséne, le fils de la comtesse. Bien qu'élevé en partie par la grand-mère du policier, cet homme était un être solitaire et taciturne fuyant la compagnie du monde. Son mariage avec une femme effacée, à l'âge de trente ans, s'était révélé une totale surprise pour les villageois.

Quant à Éléonore Roséne, il n'avait jamais eu l'occasion de la connaître vraiment. Cette dame l'avait toujours impressionné par son caractère indépendant et farouche, en menant une vie qui n'avait rien en commun avec la plupart des femmes de la région. D'ailleurs, l'ancien inspecteur n'avait jamais bien compris le béguin que semblait éprouver Jacques Mayeur pour cette Éléonore, au moment de l'adolescence. Quand son ami d'enfance entra au service de cette femme comme intendant alors qu'il aurait pu prétendre à tant d'autres carrières importantes, le policier s'était posé mille questions qui restèrent toutes sans réponses.

Lorsque Jacques était venu lui demander son aide, il s'était empressé d'accepter et avait tout mis en œuvre afin de pouvoir draguer le lac des Roséne. Jacques lui avait exposé la théorie de la nouvelle propriétaire du manoir. Selon elle, le médaillon se trouvait forcément au fond de l'étang du domaine. Isadora portait constamment à son cou ce bijou offert par le comte de Roséne. Pour le policier, l'occasion était vraiment trop belle de connaître enfin l'explication de cette mystérieuse disparition.

Néanmoins, cela avait été difficile de convaincre certaines personnes de s'intéresser à une histoire aussi ancienne. L'inspecteur Carletto avait dû user de son fort talent de persuasion. En conséquence de quoi, il avait atteint son but moyennant quelques promesses.

Aujourd'hui, il se tenait debout sur la berge du lac, et frémissait d'impatience. Son cœur bondissait chaque fois que l'un des deux plongeurs remontait à la surface. Malgré ses soixante-cinq ans, il se sentait excité comme un gamin. Cela mettait un peu d'animation dans sa vie de retraité sans histoires.

L'inspecteur Carletto se tourna soudain vers Lena, qui se trouvait juste à côté de lui.

— Entre nous, je serai curieux de savoir comment vous est venue l'idée qu'Isadora de Roséne ait pu être victime d'une noyade dans ce lac. Dans la région, tout le monde pense depuis des lustres que cette femme s'est sauvée avec son amant.

Lena se tourna brusquement vers lui, les sourcils froncés, le regard dur.

— Julien Mairan n'a jamais été son amant ! dit-elle d'une voix glaciale.

L'inspecteur resta muet. Il la fixa et ce qu'il vit dans ses yeux le troubla profondément. Une sorte de haine mélangée à de la douleur.

Les joues de la jeune femme s'empourprèrent.

— Du moins, je le pense !

Elle tourna la tête vers le lac, à l'endroit où se trouvait le petit bateau des plongeurs.

— Monsieur Carletto, sans votre aide précieuse, nous ne serions pas là aujourd'hui. Mais pourquoi ce coup de main ? Peu de gens se seraient donné autant de mal pour une histoire vieille de cent vingt-deux ans.

— Ma grand-mère a été la femme de chambre de la comtesse Isadora.

Lena considéra l'homme âgé.

— Louison ? demanda-t-elle en souriant.

L'ancien inspecteur hocha la tête d'un air entendu.

— Je vois que vous en connaissez un rayon. Vous a-t-on déjà parlé de ma fantasque mamy ?

Mal à l'aise, Lena acquiesça. Comment expliquer à cet homme, si gentil soit-il, qu'il lui semblait avoir vécu dans un songe les événements arrivés à son ancêtre Isadora ? Elle ne comprenait pas elle-même et refusait de se poser plus de questions.

Monsieur Carletto reporta son regard sur le lac, mais du coin de l'œil, il ne put s'empêcher d'observer la jeune femme présente à ses côtés.

— Vous savez, dit-il soudain, ma grand-mère Louison n'a jamais cru à cette soi-disant fuite de la comtesse. Tout au long de sa vie, elle n'a cessé de le clamer haut et fort, mais... jamais personne n'a voulu l'entendre. Elle soutenait qu'Isadora n'aurait jamais abandonné son enfant, qu'elle l'aimait trop pour cela. Elle était convaincue qu'Isadora n'avait pas d'amant. Ma mamy aurait été forcément au courant, c'est certain. La domesticité voit beaucoup de choses, c'était encore plus vrai à cette époque. Cette jeune femme, d'après ma grand-mère, adorait son mari. Elle a toujours pensé que quelqu'un l'avait enlevé, forcé à quitter son époux ou peut-être même... tué. Peut-être Julien Mairan, un ancien prétendant aperçu au village peu de temps avant la disparition de la comtesse. Il y a quelques années, j'ai essayé de retrouver la piste de cet homme, mais il semble qu'il se soit évanoui dans la nature sans laisser aucune trace.

En parlant, l'inspecteur avait gardé les yeux rivés sur le lac. Quand il se retourna, des larmes coulaient sur les joues de Lena.

— Merci, dit-elle dans un souffle, merci...

Au même moment, l'un des plongeurs sortit la tête hors de l'eau et ôta de sa bouche le bout de son tuba.

— J'ai trouvé quelque chose, cria-t-il.

Après tant d'années, cent vingt-deux ans exactement, comment concevoir que l'on puisse retirer des profondeurs du lac, avec mille précautions, le squelette entier d'Isadora ?

Le pendentif était bien là lui aussi, intact. Comme la pierre qui maintenait le corps au fond de l'eau glaciale.

Lena ne pouvait retenir ses larmes, tandis que les plongeurs rapportaient les os vers le rivage.

Jonathan la prit contre lui.

Quelle drôle d'histoire ! pensait-il.

Les aveux de Lena concernant ses visions à propos de son ancêtre avaient eu du mal à trouver écho auprès du jeune homme. Il était bien trop rationnel pour cela. À présent, il devait admettre que la découverte du corps probable de la comtesse le chamboulait quelque peu.

Les plongeurs descendirent du petit bateau à moteur. L'un d'eux tenait le pendentif dans le creux de sa main.

Lena se précipita vers eux, suivie par l'ancien inspecteur Carletto.

L'un des hommes interpella ce dernier.

— Vous aviez raison, Louis. Je n'en crois pas mes yeux. Et dire que je pensais à une mauvaise plaisanterie de votre part...

— Vous voyez, jubila monsieur Carletto, je vous avais bien dit qu'elle s'était sûrement noyée !

Le plongeur, qui se secouait la tête après avoir ôté son masque, s'arrêta net.

— À vrai dire, je n'en suis pas certain. Il y avait une grosse pierre tout près des os, enfoncée dans la vase elle aussi. Pour ma part, je pencherai plutôt pour un meurtre.

L'ancien inspecteur écarquilla les yeux.

— Je n'excluais pas cette possibilité, mais c'est probablement ce qui s'est passé. Personne n'a jamais plus entendu parler du jeune Julien Mairan censé être son amant, ajouta-t-il en regardant d'un air explicite Lena. Il aura sans doute tué cette pauvre femme parce qu'elle ne voulait plus de lui.

Lena, fixant le médaillon au creux des mains du plongeur, secoua la tête.

— En fait, Isadora n'a jamais voulu de cet homme. Elle s'en est aperçue peu de temps après son mariage. Quand des années plus tard, après avoir fait fortune, Julien Mairan est revenu la chercher, elle a refusé de partir avec lui. Il ne l'a pas supporté.

Lena releva la tête, car le silence s'était fait autour d'elle. Ils la fixaient tous d'une drôle de façon, ce qui lui fit monter le rouge aux joues.

— Auriez-vous par hasard trouvé son journal intime ? demanda soudain Louis Carletto, l'air intrigué.

Surprise, Lena écarquilla les pupilles.

— Oui, c'est... c'est un peu cela, répondit-elle en souriant.

— Ah, je comprends mieux alors ! fit l'inspecteur en lui faisant un clin d'œil.

Confuse, la jeune femme baissa la tête. Après tout, c'était un pieux mensonge, car tout ce qu'elle avait vécu était indescriptible et sans commune mesure avec la lecture d'un journal intime. Dès lors, à quoi bon rentrer dans les détails ? Personne n'allait rouvrir d'enquête après cent vingt-deux ans. À présent, pour Lena, le plus important était le fait que son ancêtre Isadora puisse être disculpée aux yeux de tous.

Que tout le monde sache enfin qu'elle n'avait pas abandonné son enfant ni son mari !

Le plongeur tendit le pendentif à Lena, qui le prit dans ses mains tremblantes. Le rubis était magnifique, lançant des éclairs rougeoyants à la faveur du soleil. Dire que son aïeul avait porté ce bijou resté pratiquement intact au fond de l'eau, semblant attendre sa nouvelle propriétaire. Le cœur de la jeune femme se serra. Jamais elle ne se séparerait de ce trésor !

Elle leva les yeux et observa les plongeurs qui enveloppaient soigneusement les ossements d'Isadora. Au bout d'un instant, elle détourna son regard. L'émotion lui nouait la gorge.

Un peu plus loin sur la rive, deux silhouettes se tenaient face à face.

Le cœur de Lena bondit dans sa poitrine. Déglutissant avec peine, elle jeta un œil sur son mari et monsieur Mayeur, mais ils discutaient tous deux à voix basse et semblaient n'avoir rien remarqué. L'ancien inspecteur était, lui, en grande conversation avec un autre homme.

Bouche bée, elle se tourna à nouveau dans la même direction. Le couple était toujours là.

La jeune femme s'approcha lentement, serrant le pendentif dans sa main. Elle se doutait bien de l'identité de ces silhouettes un peu floues...

Isadora et Théophile de Roséne.

Elle était vêtue de sa robe de chambre et de sa chemise de nuit blanche, ses longs cheveux flottant derrière elle. Lui, dans un costume d'époque, probablement à l'âge où elle avait disparu.

Ils se tenaient les mains et se souriaient.

Après toutes ces années, le comte de Roséne avait enfin la réponse à la question qu'il n'avait cessé de se poser toute sa vie, gâchant le reste de son existence.

Soudain, Isadora se baissa et prit dans ses bras un petit garçon de deux ans aux cheveux bouclés, qu'elle serra fort contre son cœur. Théophile les enlaça et ils se blottirent les uns contre les autres.

Au bout de quelques instants, ils se séparèrent et tournèrent tous trois leurs têtes en direction de Lena. Cette dernière put lire dans leurs regards et leurs sourires, toute la reconnaissance qu'ils lui vouaient.

Après cent vingt-deux ans, la famille de Roséne était enfin réunie pour l'éternité.

Chapitre 18

Quelques jours plus tard, Lena et Jonathan Deforges se trouvaient tous deux dans la spacieuse et confortable cuisine du manoir. Ils se remémoraient le dernier hommage rendu la veille à la pauvre Isadora.

Enfin, la comtesse était enterrée près des siens dans le cimetière commun des Roséne.

Ce fut réellement émouvant, étant donné que certaines personnes âgées du village s'étaient déplacées pour l'occasion, car la découverte de la vérité sur la disparition d'Isadora avait causé un choc à ces braves gens.

Plus de cent ans d'animosité envers la famille de Roséne s'étaient évanouis en un instant devant cette terrible tragédie, dont presque personne n'avait jamais suspecté l'ampleur. Tous s'accordèrent sur le fait que la vieille Louison était dans le vrai, et chacun s'en voulait de ne pas l'avoir cru.

De toute façon, pour Lena, l'important était que le nom de son ancêtre soit lavé de tout soupçon. Même la grand-mère de Christelle Pamini avait fait le déplacement. Elle n'avait rien dit, toutefois le regard bienveillant lancé la descendante d'Isadora en disait long...

Lena était donc heureuse, car le manoir lui appartenait réellement désormais. Néanmoins, elle n'était pas au bout de ses surprises.

Un matin, pour une obscure raison, la jeune femme décida de pénétrer dans l'ancienne chambre de sa tante Éléonore, à l'intérieur de laquelle elle n'avait pas encore mis les pieds.

Elle ouvrit aussitôt la fenêtre, car il régnait dans cette pièce une pesante atmosphère de renfermé.

Le décor détonnait quelque peu avec la personnalité attribuée à Éléonore Roséne. Tout n'était qu'harmonie dans cet endroit. Les teintes subtiles du linge de lit accordé aux rideaux rehaussaient la douceur des lieux. Un charme bien provençal se dégageait de l'ensemble, entretenu par le choix des meubles qui provenaient de la région.

Lena se dirigea vers l'armoire massive qui trônait dans un coin et l'ouvrit. Ce qu'elle découvrit alors l'émerveilla. Une collection formidable d'anciens boutis remplissait chaque étagère. La jeune femme n'osait toucher à cet ensemble ravissant, mais mû par une curiosité grandissante, elle entreprit d'en déplier un aux coloris chatoyants. Elle admira la finesse du travail et songea aux heures passées pour réaliser cette magnifique pièce. Éblouie, elle les sortit l'un après l'autre. Après les avoir déployés et contemplés, elle les déposait sur le lit.

Soudain, alors qu'elle empoignait l'ultime boutis sur l'étagère, elle découvrit au fond de cette dernière un petit livre. Elle s'en saisit délicatement et l'ouvrit.

Dès la première page, elle s'aperçut qu'il s'agissait en fait d'un journal intime. Celui de sa tante Éléonore.

Sidérée par cette découverte, Lena s'assit au milieu des couvre-lits épars. Elle retournait le carnet en tous sens sans se décider à plonger dans le passé de sa parente. Que faire ? Avait-elle le droit de le lire ? Certes, Éléonore n'était plus de ce monde. Toutefois, elle n'aurait peut-être pas apprécié que sa petite-nièce feuillette le récit de sa vie.

Lena resta perplexe pendant quelques minutes. Puis lui vint la certitude que c'était la volonté de tante Éléonore. Cela ne faisait aucun doute. Après les événements récents, c'était d'autant plus aisé d'envisager cette possibilité.

Alors la jeune femme s'installa confortablement avant d'ouvrir le livre à la première page.

Lorsque Lena referma le petit carnet de cuir, son visage avait changé de couleur, en accord avec ce qui se passait dans son cœur. Ce qu'elle venait d'apprendre chamboulait toute sa vie.

Et celles d'autres personnes.

Elle comprenait à présent pour quelle raison elle avait découvert ce journal intime, il ne pouvait en être autrement.

La gorge sèche, elle se leva et se dirigea vers la porte, le livre serré dans sa main.

Ce qu'elle s'apprêtait à faire n'était pas facile et réclamait du courage. Elle descendit les escaliers et sortit dans le jardin en passant par la bibliothèque. C'était le plus court chemin pour se rendre à la maison de Jacques Mayeur.

Celui-ci la reçut les bras ouverts, mais en voyant le visage décomposé de Lena, il lui fit signe de s'asseoir et s'empressa de lui porter une tasse de thé tout juste préparée.

— Que se passe-t-il, mon enfant ? Est-ce que... Isadora... dit-il en prenant place face à la jeune femme.

Lena secoua vigoureusement la tête.

— Non... répondit-elle d'une voix altérée par l'émotion. Lisez ceci, monsieur Mayeur, je vous en prie !

Elle lui tendait le journal intime d'Éléonore Roséne, ouvert à une certaine page.

Intrigué, l'intendant saisit le petit livre de cuir. Après avoir chaussé ses lunettes, il le parcourut. Cela lui prit à peine quelques minutes.

Le visage blême, il porta la main à son cœur, les yeux embués de larmes. La crainte soudaine que le vieil homme fasse un malaise par sa faute terrifia Lena.

Mais Jacques était fort résistant. Il posa son regard sur la jeune femme avec insistance.

— Ce n'est pas possible, dit-il enfin d'une voix blanche, comment... comment a-t-elle pu me faire cela ?

Lena, confuse, baissa la tête.

— Je ne comprends pas moi non plus, elle n'aurait pas dû.

L'intendant se leva péniblement pour se diriger vers la fenêtre. Il resta un moment à fixer la surface miroitante du lac que l'on apercevait au loin.

— Alors ces longs mois où elle a disparu, c'était à cause de cela ! Je ne peux pas y croire. Jamais je ne m'en serais douté.

Lena soupira en faisant un geste éloquent de la main.

— Elle explique pourquoi elle a choisi de... dans les pages suivantes.

Le regard du vieil homme était las. Il se tourna vers la jeune femme.

— Toutes ces années perdues, fit-il en secouant la tête.

Lena se leva et s'approcha de lui. Avec douceur, elle posa une main sur son épaule.

— Il nous reste encore du temps, monsieur Mayeur, dit-elle, des sanglots dans la voix.

Jacques lui prit les mains.

— Vous avez raison, Dieu soit béni de m'accorder la faveur de connaître enfin... ma petite-fille !

Chapitre 19

Cette révélation avait causé un choc évident à Jacques Mayeur.

Cela promettait d'être aussi intense pour la mère de Lena. Comme il était hors de question de lui apprendre cette nouvelle ahurissante par téléphone, Lena lui demanda de passer le plus rapidement possible au manoir.

Deux heures plus tard, Caroline Buyne se gara en trombe devant la demeure, avant de sortir élégamment de son quatre-quatre flambant neuf de couleur noire.

À soixante et un ans, elle en paraissait dix de moins. Elle possédait une silhouette élancée, moulée dans un pantalon de lin beige à la coupe parfaite, assortie à une chemise crème de même composition. Le tout à la dernière mode.

Pour sa chevelure auburn aux quelques fils d'argent, elle avait adopté une coiffure courte particulièrement seyante, ce qui mettait en valeur la limpidité de son regard émeraude.

Lena, toujours fière de l'allure de sa mère, l'attendait sur le pas de la porte en souriant, amusée par son arrivée intempestive.

— Ma chérie ! s'exclama Caroline en lui tendant les bras, comme je suis heureuse de te voir. Je sais, j'aurais dû venir plus tôt, mais les affaires…, ajouta-t-elle en faisant un geste éloquent de la main.

Caroline Buyne possédait une agence immobilière qui marchait du tonnerre certes, mais qui lui laissait fort peu de temps pour autrui, notamment pour sa propre fille bien forcée de s'en accommoder.

— Alors, quelle est donc cette nouvelle qui ne pouvait pas attendre mon prochain week-end ? demanda Caroline en saisissant le bras de Lena pour pénétrer dans la maison.

— Maman, soupira Lena, tu sais bien que tu n'es jamais en week-end !

— Tu te trompes ma chérie, j'en ai pris deux entiers le mois dernier !

Les deux femmes se trouvaient dans le vestibule.

— Ah, quelle belle demeure ! s'exclama-t-elle. J'aurais pu en tirer un bon prix. Ouvrir des chambres d'hôtes, c'est bien, mais c'est exténuant à la longue. Alors que…

— Maman, la coupa Lena, pour la énième fois, il y avait une clause dans le testament à respecter. De plus, j'ai toujours eu envie de m'occuper d'une maison pleine d'invités.

Caroline soupira en replaçant une mèche de ses cheveux parfaitement lissés.

— Bon, je n'insiste pas. Alors, cette nouvelle ?

— Passons d'abord dans l'autre pièce.

Cette dernière ne put s'empêcher de consulter sa montre.

— D'accord, ma chérie ! Par contre, je préfère te prévenir que je n'ai pas tout mon après-midi devant moi. J'ai un rendez-vous à Nice, à seize heures.

Lena hocha la tête en signe d'acquiescement, puis se dirigea vers le salon.

Monsieur Mayeur était assis sur le canapé. On le sentait un peu crispé. À l'arrivée des deux femmes, il se redressa aussi vite que lui permettait son grand âge.

Caroline, quelque peu surprise, se tourna vers sa fille.

— Maman, je ne sais pas si tu te souviens de monsieur Jacques Mayeur, l'ancien intendant de tante Éléonore...

— Oui, bien sûr, monsieur Mayeur, fit-elle en s'avançant vers lui pour lui serrer la main, de façon un peu trop professionnelle.

Elle ajouta sur le ton de la confidence.

— En tant qu'employé de cette pauvre tante Éléonore, cela n'a pas dû être de tout repos, j'imagine.

— Au contraire, rétorqua l'intendant avec un sourire, c'était une femme admirable.

— Ah, oui ! fit Caroline en haussant les sourcils, c'est bien la première fois que l'on me parle d'elle en ces termes.

— Maman, veux-tu bien te poser une minute ? intervint Lena sur un ton un peu sec.

Caroline se tourna vers sa fille, étonnée quant à la présence de cet homme, qui ne comptait visiblement pas quitter la pièce.

— Mais bien sûr ma chérie, répondit-elle en s'asseyant face au canapé, dans l'un des fauteuils de feu Éléonore.

Lena se plaça à côté de Jacques. Elle prit ensuite avec délicatesse le petit livre de cuir noir posé sur la table basse.

— C'est... le journal intime de tante Éléonore.

Caroline haussa les sourcils, légèrement agacée. Ce n'était quand même pas pour un vieux carnet que sa fille l'avait fait venir jusqu'ici, alors qu'elle avait des tonnes de boulot.

Mais Lena continuait, un peu mal à l'aise.

— Elle explique qu'en mille neuf cent quarante-cinq elle est tombée enceinte. Le père de l'enfant était monsieur Mayeur.

Ému, celui-ci avala sa salive avant de prendre le relais.

— Nous avons eu une brève liaison à cette époque. Mais un jour, Éléonore est partie sans aucune justification. À son retour, quelques mois plus tard, elle m'a seulement dit que notre relation devait prendre fin. Pour elle, nous n'avions aucun avenir ensemble. Surtout, elle ne voulait être le fardeau de personne. J'ai bien essayé de l'en dissuader, mais elle était extrêmement têtue.

Caroline se pencha en avant.

— Toute cette histoire est bien jolie, mais je ne vois pas en quoi cela peut m'intéresser. Éléonore ne s'est jamais occupée de notre famille de son vivant, alors...

— Maman, la coupa Lena brusquement, Éléonore a donné l'enfant né de sa relation avec monsieur Mayeur à... à sa sœur qui était stérile.

Le silence suivant ces paroles était pour le moins impressionnant.

Caroline, blême, secoua la tête.

— Ma mère... ta grand-mère n'était pas stérile puisque je suis là, ce n'est...

Les yeux écarquillés, elle se figea.

Lena remarqua qu'elle tremblait légèrement. C'était bien la première fois qu'elle voyait cette femme si maîtresse d'elle-même d'habitude, dans cet état d'agitation intérieure.

Reprenant ses esprits, Caroline s'éclaircit la voix.

— Vous êtes en train de me dire que... que je suis la fille d'Éléonore ?

Lena et Jacques Mayeur approuvèrent d'un même mouvement de tête.

— Donc... vous êtes mon père, murmura-t-elle en s'adressant au vieil homme.

L'émotion étant trop vive, Caroline fondit en larmes.

Lena était sur le point de pleurer elle aussi. Mais en regardant son tout nouveau grand-père, elle vit son sourire et cela lui remit du baume au cœur.

Cependant, Caroline était une femme forte et au bout de quelques instants, elle se reprit.

— Dire que pendant toutes ces années, maman m'a dit que mon père était mort à la guerre, alors qu'il vivait non loin de là.

Elle se leva, tremblante autant d'indignation que d'émotion.

— Mais pourquoi... pourquoi Éléonore m'a-t-elle abandonnée ?

Avant d'ouvrir la bouche, Lena jeta un œil sur le petit livre de cuir comme pour se donner du courage.

— Éléonore explique dans son journal qu'elle ne se sentait pas d'élever un bébé à ce moment-là. Encore moins un nourrisson conçut dans l'illégitimité. Se prétendant forte, elle ne l'était pas autant que cela à vrai dire. Alors, comme sa sœur n'arrivait pas à avoir d'enfants, elle lui a offert sa fille. Elle a menti à monsieur Mayeur, étant persuadée qu'il récupérerait la petite en sachant qu'il était le père.

Le vieil homme hocha la tête tristement pour confirmer cette allégation.

— Ce n'était pas envisageable pour Éléonore. Quelque temps après, elle a compris que c'était une erreur, que ses actes étaient terribles. Bien sûr, il était trop tard et elle ne voulait pas vous faire souffrir, toi et sa sœur, en te réclamant. Alors, elle a gardé ce secret enfoui au plus profond de son cœur. Selon ses propres mots : *un secret comme une blessure qui ne cicatrise jamais...*

Caroline se laissa tomber sur le fauteuil.

— Mon extrait de naissance, dit-elle soudain, le nom de maman est dedans, je veux dire, de ma mère adoptive.

Lena sortit du journal intime un papier jauni, plié en quatre.

— Voici le vrai !

Machinalement, Caroline tendit la main pour le prendre. Elle le parcourut des yeux rapidement et soupira.

— Je n'arrive pas à croire que ta grand-mère, enfin... ta grand-tante plutôt, ne m'ait jamais rien avoué. J'aurais bien aimé connaître Éléonore...

Les mots s'étouffèrent dans sa gorge. Toute sa vie était remise en question. Les deux mamans, la vraie et celle d'adoption n'étaient plus de ce monde pour répondre à toutes les questions que se posait Caroline. Tout ce qu'il restait à présent était un journal intime.

Soudain, Caroline tourna son regard vers Jacques. Son véritable père était encore là après tout. Il méritait d'avoir la chance, volée des années auparavant, de connaître sa fille, ainsi que sa petite-fille.

— Monsieur... Mayeur, articula-t-elle, je... je suis heureuse de vous rencontrer. Si vous saviez comme j'aurais aimé pouvoir le faire plus tôt. J'ai tant rêvé d'un père lorsque j'étais enfant. Le mari de ma... mère adoptive est mort très jeune, je n'ai guère de souvenirs. Bien sûr, cela ne sera pas facile au début, mais je souhaite réellement que nous puissions mieux nous découvrir.

Monsieur Mayeur se leva pour se diriger vers le fauteuil occupé par Caroline. Des larmes perlaient aux bords des cils inférieurs du vieil homme. Avec délicatesse, il saisit les mains de Caroline.

— J'espérais tellement entendre ces paroles, dit-il d'une voix altérée par l'émotion. Mon plus grand regret a été de ne pas avoir d'enfants, et une fille et une petite-fille me tombent du ciel au même moment. C'est presque trop beau pour être vrai.

D'un bond, Lena se leva et courut enlacer le vieil homme.

Caroline, avec un peu plus de retenue, se redressa à son tour et serra gauchement les mains de son père.

Ils fêtèrent leur nouvelle famille le week-end suivant.

Pour l'occasion, Caroline avait pris deux journées entières de congés, ce qui était un exploit pour cette personne infatigable.

Néanmoins, elle refusait de perdre davantage de temps afin de découvrir ce papa qui lui avait tant manqué. Le fait qu'il ne soit plus vraiment tout jeune poussait les deux femmes à accélérer les choses.

Lena redoublait d'attention pour son grand-père, cherchant tous les moyens de lui faire plaisir. Celui-ci était passé d'une existence de vieux célibataire ancré dans la solitude, à une vie de pacha, choyé par toute sa famille. Jamais, au grand jamais, il n'aurait pensé finir ses jours dans cette atmosphère-là, aussi remerciait-il le ciel pour ses bontés, qui venaient certes un peu tard, mais se manifestaient tout de même.

Jacques Mayeur était ainsi. Il avait réussi à pardonner à Éléonore. Bien sûr, cette dernière lui avait ôté une part de bonheur auquel il avait pourtant droit, mais il n'arrivait pas à en vouloir à son seul grand amour. Il était resté toute sa vie auprès d'Éléonore, en dépit de la fin de leur liaison, car il ne pouvait en aucune façon vivre sans elle. Jacques n'avait plus rien tenté avec elle, sachant que c'était peine perdue.

Mais Éléonore lui avait offert un enfant. De là où elle était, quel plus beau cadeau pouvait-elle lui faire ?

Lena et Caroline lurent chacune le journal intime d'Éléonore, au contraire de monsieur Mayeur qui refusait sans détour de le faire.

Les deux femmes comprirent la véritable souffrance que cette femme avait ressentie, chaque jour de son existence. Cela ne manqua pas de les émouvoir.

Rapidement, la pauvre Éléonore regretta l'abandon de son enfant, mais pendant des années, elle n'en parla pas, se contentant de rendre visite à sa fillette. Ces entrevues lui fendaient le cœur chaque fois, en la laissant plus meurtrie encore. Sur certaines pages du carnet, les larmes versées en rentrant de chez sa sœur avaient presque effacé l'encre.

Un jour, Éléonore tenta de dialoguer avec cette dernière. Elle souhaitait avouer la vérité à Caroline, mais la mère adoptive refusa avant de lui faire une terrible scène en la traitant de tous les noms. Ensuite, elle la jeta à la porte avec ordre de ne plus jamais revenir. Éléonore courba l'échine et laissa passer l'orage. Pour que sa sœur ne lui interdise pas de revoir son enfant, elle promit de ne plus jamais en parler.

Bien sûr, elle aurait pu agir différemment, mais elle désirait avant tout le bonheur de Caroline. Maintes fois, elle confessait à son journal avoir l'envie de raconter toute la vérité à Jacques Mayeur. Mais elle redoutait sa réaction. Voudrait-il de cette enfant et comment prendrait-il le fait de lui avoir caché cette naissance ? Un jour, Éléonore avait cessé de lutter.

Caroline avait grandi et s'était éloignée de cette tante dont certains côtés de l'aspect de sa vie à cette époque ne lui convenaient pas. Elle le regrettait amèrement. Mais elle comprenait à présent qu'elle s'était pliée aux exigences de sa mère adoptive sans même s'en rendre compte. Car cette dernière avait lentement mais sûrement, coupé les ponts avec sa sœur, afin que celle-ci ne puisse plus faire partie de l'avenir de Caroline. L'excentricité d'Éléonore Roséne, sa folie des voyages, tout cela avait contribué à son isolement.

Lena se rappelait son unique rencontre avec Éléonore, alors qu'elle n'était qu'une petite fille. Elle se souvenait bien des larmes dans ses yeux, tellement leur visite la rendait heureuse.

Ce jour-là, Caroline passait par hasard devant le manoir et avait éprouvé l'envie de revoir sa tante. Mais la réaction de cette pauvre femme était bien trop bizarre. La mère de Lena s'était même demandé si elle avait encore toute sa raison.

Surtout, lorsque cette dernière avait répété à plusieurs reprises : *Lena lui ressemble tellement !*

Sans que personne ne sache de qui il s'agissait. Évidemment, la petite avait trouvé étrange l'insistance de la vieille dame.

Caroline et son enfant n'étaient jamais revenus.

Lorsque Lena montra le portrait d'Isadora à sa mère, celle-ci comprit enfin ce que voulait dire Éléonore Roséne en parlant de ressemblance.

La vie est parfois tellement compliquée. On retrouve un père auquel on ne s'attendait pas et une maman qu'on ne connaîtra jamais.

Cependant, Caroline et sa fille n'étaient pas de nature à voir le verre à moitié vide. Les deux femmes entendaient bien profiter de chaque instant avec ce parent tombé du ciel.

Jacques Mayeur avait largement mérité sa part de bonheur ici-bas.

Chapitre 20

Ce matin-là, le temps était splendide. Cette fin de mois d'octobre était encore singulièrement belle avec des températures agréables.

Lena était descendue dans la cuisine pour préparer le café. Elle ne se sentait pas dans une forme olympique. Avec tous ces événements récents s'enchaînant les uns aux autres, cela n'avait pas été de tout repos pour la jeune femme.

C'est alors que Jonathan entra en trombe.

— As-tu bien dormi, ma chérie ? demanda-t-il après avoir déposé un baiser sur son cou gracile.

— Bof ! Je n'ai pas fermé l'œil ! Je crois que j'ai encore du mal à me remettre de toutes ces émotions.

— C'est bien possible, approuva son mari en s'asseyant devant la table en chêne.

Le café ayant monté, Lena entreprit de le servir dans les tasses prévues à cet effet. Mais au bout d'une seconde, une terrible nausée l'assaillit. Elle reposa violemment la cafetière pour courir en direction des toilettes du bas.

Jonathan, en train de beurrer consciencieusement une tartine, suspendit son geste. Il se leva rapidement et sortit dans le couloir pour s'informer de ce qui arrivait à sa femme.

Devant la porte de la petite salle de bains, il hésita à frapper pendant un instant puis se décida enfin.

— Ma chérie, tout va bien ? demanda-t-il sur un ton un peu inquiet, car sa jeune épouse était rarement malade.

Une voix pâteuse résonna derrière le vantail.

— Oui prend ton café, j'arrive...

Jonathan s'exécuta.

Au moment où il finissait, Lena revint. Elle était blême et avait les yeux rougis.

— Oh, je crois que le poisson que nous avons mangé hier soir ne m'a pas réussi ! Pourtant il avait l'air si frais.

— Écoute, ne fais rien aujourd'hui et si tu es encore malade, va voir le docteur, il y a plein de gastros qui traînent en ce moment.

Lena hocha la tête sans répondre. L'odeur du café qu'elle adorait d'habitude la dérangeait, aussi décida-t-elle de retourner se coucher.

Jonathan vint l'embrasser avant de partir au travail.

— À ce soir, mon amour, repose-toi bien !

Elle lui sourit vaguement à moitié endormie.

Il était près de dix-neuf heures lorsque Jonathan rentra chez lui ce soir-là. Il avait tout fait pour se libérer plus tôt, mais un boulot monstre l'avait accaparé. Sans parler des inconvénients du trajet ! À croire qu'ils s'étaient tous donné le mot pour le ralentir. Il espérait cependant que sa petite femme ne soit plus malade.

Lorsque le jeune homme ouvrit la porte du manoir, l'effluve d'un mets qu'il affectionnait tout particulièrement monta délicieusement à ses narines.

Hum ! songea-t-il en respirant à plein nez. *Du poulet laqué au miel, je sens que je vais me régaler ce soir.*

Jonathan remarqua ensuite que la salle à manger était entrebâillée. Une douce lumière s'en échappait. En se rendant dans la pièce, il découvrit une superbe table dressée avec une nappe raffinée, sur laquelle étaient posés des chandeliers en verre aux bougies allumées, de la vaisselle fine et des couverts en argent. Cependant, on était en milieu de semaine, aussi l'espace d'un instant Jonathan paniqua, persuadé d'avoir oublié un anniversaire quelconque. Il avait beau se creuser la cervelle, il ne voyait pas lequel.

Un peu déboussolé, Jonathan retourna dans le couloir et suspendit sa veste au portemanteau. Puis il entra dans la cuisine, mais Lena n'y était pas. Toutefois, Jonathan nota au passage les casseroles sur la cuisinière ancienne. Visiblement, sa femme lui avait concocté un délicieux repas et les arômes subtils présents dans la pièce lui mettaient l'eau à la bouche.

Intrigué, le jeune homme décida de monter à l'étage, mais alors qu'il posait le pied sur la première marche, il découvrit une surprise qui l'attendait en haut de l'escalier.

Lena se tenait parfaitement droite dans une magnifique robe du soir en satin rouge. Ses longues boucles couleur miel retombaient librement sur ses épaules et un lumineux sourire s'affichait sur son visage.

Jonathan eut la fugace impression d'être devant le portrait d'Isadora, l'ancêtre de Lena.

La jeune femme descendit lentement l'escalier sous le regard d'un mari subjugué, ébloui par sa beauté. Arrivée au bas des marches, elle l'embrassa.

— Que... que se passe-t-il ma chérie ? demanda-t-il en la prenant dans ses bras. Aurais-je oublié quelque chose ? J'avoue que je suis perdu !

Lena posa un doigt sur la bouche de son époux afin de le faire taire.

— Installe-toi, ordonna-t-elle d'une voix langoureuse, je suis à toi tout de suite...

Puis elle le laissa planté là, avant de se rendre dans la cuisine.

Jonathan, ne sachant plus du tout à quoi s'en tenir, partit se laver les mains avant de revenir dans la salle à manger. Une fois assis devant son assiette, il nota la présence d'un grand cru sur la table. Saisissant la bouteille il considéra l'étiquette et la couleur du vin. Qu'avait donc sa femme en tête ? Car il en était persuadé à présent, le couple n'avait rien à fêter ce soir.

Lena réapparut avec l'entrée. Des petits feuilletés de saumon posés sur de la salade, accompagnés de poivrons à l'étouffée, coupés en fines lanières. Le tout, bien sûr, confectionné par ses soins.

Mis en appétit, Jonathan la félicita avec chaleur avant d'ouvrir la bouteille de vin. Ils dégustèrent en silence le premier plat, se contentant de se sourire de temps à autre. Le jeune homme pensait qu'il connaîtrait bien assez tôt la raison de cette soirée, et seulement quand sa femme l'aurait décidé de toute façon. La suite du repas avec son poulet laqué au miel accompagné de riz était un délice. Lena avait un jour détourné une recette chinoise en la cuisinant à sa façon, ce que son mari avait adoré. Depuis, elle lui en préparait de temps à autre. La bouteille de vin se vidait inexorablement.

Enfin, Lena revint avec le dessert, une tarte au citron meringuée, qu'elle avait faite elle-même.

Jonathan, repu, se renversa sur sa chaise.

— Ma chérie, c'était grandiose ! Je ne comprends toujours pas en quel honneur nous avons droit à un tel repas, mais tu as cuisiné comme un chef.

Lena, jouant avec des miettes sur la table, lui décocha un charmant sourire.

— Merci... mais tu ne m'as pas demandé si j'allais mieux !

Jonathan se redressa d'un coup.

— Oh, pardon, ma chérie, je suis désolé ! J'y ai pensé toute la journée ! D'ailleurs, je t'ai appelée vers quatorze heures, mais tu n'as pas répondu. Et comme j'avais un boulot de folie...

— Je sais, ce n'est pas grave, le coupa-t-elle, amusée par ses excuses. En fait, à cette heure-là, j'étais chez le docteur.

— Chez le docteur ! Mais pourquoi ?

Lena réprima une soudaine envie de rire. Jonathan était si attendrissant quand il s'inquiétait de cette manière.

— Je me porte comme un charme, continua-t-elle en le dévisageant, mais je risque d'être encore malade demain matin et peut-être aussi le matin suivant.

Bouche bée, Jonathan la fixait. Qu'est-ce que c'était que cette maladie ! Soudain, son cœur manqua un battement. Il considéra le verre de sa femme et constata qu'elle ne l'avait pas touché. Elle qui adorait le vin surtout quand il s'agissait d'un grand cru, n'avait pas bu une seule goutte d'alcool.

Lena, les joues rosies par l'émotion, eut de la peine à retenir ses larmes.

— Est-ce que...

Son épouse hocha la tête, en signe d'acquiescement.

Il se leva d'un bond et contourna la table pour s'approcher d'elle. Délicatement, il prit le visage de sa femme entre ses mains.

— C'est... je vais être père ! s'écria-t-il d'une voix bouleversée.

— Oui, explosa Lena, nous allons être parents ! C'est fabuleux, non !

Jonathan la serra fort dans ses bras.

— Si tu savais... mon Dieu... mais... en es-tu bien certaine ? fit-il, les sourcils froncés, en relâchant un peu son étreinte.

— Absolument ! Je me suis rendue au laboratoire après ma visite chez le médecin pour faire un test de grossesse et je suis enceinte de bientôt deux mois !

Jonathan embrassa délicatement les lèvres de sa femme. Il était soudain trop troublé pour parler.

Le couple se regarda un instant, puis ils se serrèrent l'un contre l'autre.

— Je crois que finalement, j'adore cette demeure ! déclara Jonathan d'une voix chargée d'émotion.

Le cœur de Lena battait à tout rompre. Elle se blottit encore plus contre son mari.

À présent, la jeune femme en était convaincue, leur histoire s'inscrirait ici, dans ce manoir.

Un destin différent de celui des précédents occupants dont le souvenir resterait à jamais présent, à travers la naissance, quelques mois plus tard, des jumeaux Théo et Dora...

Remerciements

Merci à vous chers lecteurs, chères lectrices, car ce livre existe à travers vous. J'espère que vous avez passé un bon moment en sa compagnie.

Un grand merci à mon mari pour son soutien sans faille et sa patience infinie. Ainsi qu'à mon fils Romain pour la couverture.

Merci à ma Maman, à ma petite sœur et tous mes proches.

À Jean d'Aillon pour ses précieux conseils, à Jérôme Cayla, premier lecteur de cette histoire.

Pour finir, merci à tous mes proches et amis auteurs qui me soutiennent dans cette belle aventure littéraire.

Laurence Lopez Hodiesne

Si vous le souhaitez, n'hésitez pas à venir discuter avec moi sur ma page Facebook ou Instagram, je vous répondrai avec plaisir.

Vous pouvez aussi me contacter via :

Mon courriel :

laurencelopezhodiesne@gmail.com

Mon compte Instagram :

@laurence lopez hodiesne auteure

Ma page facebook :

Les romans de Laurence Lopez Hodiesne | Facebook

Mon site :

-Laurence Lopez Hodiesne

Du même auteur

Romans historiques

Les entrevues d'une demoiselle à marier
Un Écossais en exil
Aux portes des Highlands
Alliances Écossaises
Alliances Écossaises : Dix ans après...
Le loch aux cœurs perdus
Un Highlander pour Noël
Une gouvernante chez les Highlanders
Naufragée avec un Highlander
Les Treize rubans de Noël :
Un Highlander ou un duc
Série Affaires de clans Affaires de cœurs :
1 – Le clan Mackenzie
2 – Le clan Munro
3 – Le clan Stewart
4 – Le clan Ross

Romans contemporains

Quelques mots auraient suffi
Quand les papillons s'envolent...

Cycle des Belles de Nice

Les Belles de Nice — Lissandra
Les Belles de Nice – Melina
Les Belles de Nice — Isménie
Les Belles de Nice - L'intégrale Version reliée

Nouvelles

Quand le chat s'en mêle
Emeline

Recueil de Nouvelles

Histoire d'un jour et d'une vie

Essais humoristiques

Je ne suis que la secrétaire
Je ne suis qu'une maman

Fantasy

Les jumelles - Le monde de Ghotear

Cosy mysteries

Série Les aventures d'une lady :
Une enquête sous la neige d'Écosse
Mais qui a osé enlever Merlin ?

Sommaire

Laurence Lopez
06340 La Trinité
laurencelopezhodiesne@gmail.com
www.unlivreunetoile.fr

ISBN 978-2-9553546-0-5

Ce roman est une création littéraire issue de l'imagination de l'auteur et non de l'IA